為美好的世界獻上祝福！
Fantastic Days
U0025687
KONO
SUBARASHII
SEKAI NI
SYUKUFUKU
WO!
Kadokawa Fantastic Novels

達克妮絲

超級受虐狂的大貴族家千金，也是冒險者兼騎士。本名是達斯堤尼斯．福特．拉拉蒂娜。最近的煩惱是堅硬的腹肌。負責賣肉。

惠惠

將窮究號稱最強魔法的爆裂魔法視為生命意義的紅魔族大法師。只肯用爆裂魔法，也只會用爆裂魔法。

阿克婭

取笑和真的死因，結果被帶著一起轉生到異世界的水之女神。阿克西斯教的崇拜對象。

和真

主角。原本是家裡蹲高中生，卻在碰巧外出時遇到車禍（？）死亡。之後轉生到異世界。

阿克塞爾之心

艾莉卡

舞者團體阿克塞爾之心的成員，對可愛特別執著的遊俠少女。既任性又我行我素，但是受人吹捧就會立刻得意忘形。

榭蘿

舞者團體阿克塞爾之心的成員，擅長跳舞的大祭司。個性內向又優柔寡斷，因為有男性恐懼症，被男人碰到會立刻動手。

莉亞

舞者團體阿克塞爾之心的團長，擅長唱歌的槍兵。個性既努力又認真，有些地方有點少根筋。很寶貝布偶「金次郎」。

LIA

昼熊

illustration

三嶋くろね

原作 暁なつめ

協力 Sumzap

Kadokawa Fantastic Novels

彩頁、內文插畫／三嶋くろね

KONO SUBARASHII SEKAI NI SYUKUFUKU WO!

為美好的世界獻上祝福！ Fantastic Days

CONTENTS

序章

決定今天要一整天耍懶的我在豪宅裡散漫地享受著最幸福的時光，這時戴著尖頂帽穿得一身黑，十足魔法師風格打扮的少女——惠惠逼近到我的眼前。

「和真，我們去出任務吧！」

「今天先不要。」

「你昨天和之前也都這麼說，結果就一直窩在屋子裡吧？到底什麼時候才打算去接任務？」

在我隨口打發她的時候，這次換成只有外表看起來有模有樣的金髮女騎士——達克妮絲跑過來插嘴。

「因為任務很危險啊——大家應該都不想受傷吧？就算不勉強去接任務，日子依然過得挺好的啊。」

這兩個傢伙為什麼這麼想工作啊。閒閒沒事躺著混過一整天，不工作就有飯吃的生活是最棒的吧。

「太懈怠了！阿克婭也說說他吧！」

「……不，今天和真先生說得沒錯。我覺得我們最近有點努力過頭了！還是對自己好一點吧！所以呢，就把珍藏的唰唰──」

藍髮藍衣，只要不開口不要動就美得像幅畫的美少女也認同我的發言。

阿克婭說得好。不枉我們這麼久的交情。妳很懂嘛。

「大白天的……這樣真的好嗎？」

就在達克妮絲以若有所思的模樣偏頭表示疑惑的同時，緊急警報大作。

「咦，什麼什麼？」

『緊急任務！緊急任務！請各位冒險者儘速至正門集合！』

熟悉的公會櫃檯小姐的聲音接著傳來。

「好久沒聽到這個警報了……一切都是如此令人懷念。」

「別說得那麼悠哉。好了，動作快！」

惠惠拚命推著我。老實說我根本提不起幹勁。

畢竟我原本就決定今天要打混摸魚一整天，完全不打算因為這點程度的小事違背自己的意志！

「妳們先去吧……我的身體已經舉不起比筷子還重的東西了。」

「不要說那種不知道哪來的大富翁才會說的話！廢話少說，走了！」

看樣子再怎麼耍任性也會被強行帶走。我還想再多抵抗一下……這時身後的達克妮絲拿出繩索。

「喂，妳拿那種東西想做什麼？我和妳不一樣，沒有那種嗜好。」

「你不肯動的話，我們只好強行拖著你走了。」

臉頰有點泛紅是怎樣。為什麼看起來那麼開心啊。

「我明白了。那麼以我用那條繩索把妳緊緊綁住當成交換條件，這樣總行了吧？」

「你、你以為我會輸給那種誘惑嗎！」

承認這是誘惑就已經沒救了。

「我就是這麼認為。應該說我非常肯定。好了，把繩索交給我然後背對我吧。」

「不准小看我！不過你要是無論如何都想綁的話，我也不是不能配合。」

嘴巴雖然這麼說，身體似乎比我以為的還要老實。只見她轉過身去，還把手放到背後方便我綁。

「妳在幹什麼啊，達克妮絲！別做蠢事，我們該出發了！」

第一章

1

正門前已經聚集了一群人。

場面盛大到讓我覺得是不是全阿克塞爾的冒險者都聚集過來了。

我環顧四周，發現幾個熟面孔。

金髮紅眼的小混混冒險者達斯特，還有他的監護人魔法師琳恩。以及他們的隊友泰勒和奇斯也在場。

「好啊！來賺賭本！」

「先把我借你的錢還來喔。」

「我想還的時候就會還啦！」

那個傢伙真是永遠都在缺錢呢。好吧，之前的我也沒資格說他就是了。

但是現在不同了。我已經有足夠的積蓄可以不用辛苦工作了。

「哼，今年來得可真早啊。」

註冊商標是長相凶惡和龐克頭的大叔看著前面開口。

沿著他的視線看過去——只見無數的高麗菜在空中飛舞。

沒錯，就是那種圓滾滾的綠色蔬菜。

照理來說這是應該感到驚訝的場面才對，但是我已經習慣這種異樣的光景，這樣的自己令我感到害怕。

「高麗菜……喂，那群傢伙應該是秋大才會來吧？現在不是才春天而已嗎！」

我也知道自己的發言有多奇怪，不過這在這個世界一點問題也沒有。

「哎呀，和真你不知道嗎？它們是秋天播種春天採收的春高麗菜，特別好吃！不但可以賣個好價錢，也可以當下酒菜。好了，我們去採收吧！」

望著阿克婭意氣風發衝鋒陷陣的背影，我長嘆一口氣。

2

「和真先生救命啊——！這些高麗菜比之前來的更凶猛啦——！」

果然變成這樣了啊。

望著被高麗菜追得到處跑而放聲尖叫的阿克婭，我用力伸個懶腰。

於是和我一起在遠處看著戰場，公會知名的美女櫃檯小姐露娜說道：

「聽說春高麗菜精力過剩，常常做運動！所以滋味更加美味！」

她說得也太開心了吧。是不是很喜歡高麗菜啊？

「唔嗯嗯……如果可以集中在一起，就可以讓它們嘗嘗吾之爆裂魔法了。」

惠惠一如往常地說出駭人聽聞的發言。

我則是在望著充滿高麗菜的戰場上拚命戰鬥的冒險者同時，偶爾使用偷竊技能確保高麗菜，稍微工作一下。

「喂，不好了！預計今天回來的劇團馬車，聽說到現在還沒有抵達啊！」

「該不會是被春高麗菜襲擊了吧？就算想去幫助他們，想要穿越這麼一大群高麗菜也很危險……」

冒險者們議論紛紛的聲音傳進我的耳中。

儘管高麗菜這三個字破壞了緊張感，狀況好像還是不太樂觀。

……就算置之不理，也會有哪個富有正義感的冒險者去救人吧。

「好，總不能見死不救！那我們去尋找馬車吧。就由我來當擋箭牌抵擋高麗菜的攻擊！」

達克妮絲氣勢如虹地如此宣言。光聽發言內容是很了不起啦。

「我說妳……現在應該很開心吧？」

「並沒有。」

看妳那滿臉笑容！

我正想說聲沒有必要刻意以身犯險，打算阻止達克妮絲時，她已經跑了出去，毫不猶豫地衝進高麗菜大軍之中。

「那個笨蛋！我們也跟去吧！」

就算置之不理，達克妮絲大概也不會死吧。論防禦方面我很信任她。

但是就算她去救人，也打不中敵人，只會變成單方面挨打的靶子。

……姑且先不論這是她本人的意願。

面對展開雙手衝過去的達克妮絲，高麗菜從四面八方撞擊她的身體。

「呼、呼……高麗菜今天的攻擊特別厲害！沉重又堅硬的一擊……太爽了！」

看來她還游刃有餘。暫時不理她應該也沒問題吧。

一不做，二不休，既然如此先去解決馬車的問題好了。說不定還有謝禮可以拿。

「和真，你看！找到馬車了！」

「喂，車上的人！你們還活著嗎？」

我對著在馬車附近縮成一團，疑似車夫的微胖男子喊話，他害怕的表情這才稍微放鬆了一些。

「還好，勉勉強強。但是馬逃走了……」

「沒有其他乘客了嗎？」

阿克婭一邊治療車夫的傷勢一邊發問。

「對，原本還有舞者，不過我已經讓她們先逃走了。但我放心不下行李……」

舞者？這麼說來，聽說那是劇團的馬車吧。

「就算這樣，繼續待在這裡就要跟馬車一起殉情了喔。跟我們走吧！達克妮絲！我把大叔帶到安全的地方，妳再多拖住高麗菜一下！」

我大聲指示達克妮絲，她便露出驚訝的表情看了過來。

「都、都已經承受這麼多攻擊了，還要我繼續當擋箭牌！呵呵呵……如我所願！儘管、儘管……拿我當擋箭牌吧！」

高麗菜大軍再次襲向因為歡喜而雙頰泛紅，張開雙手的達克妮絲。

「就是現在！趁達克妮絲使用誘餌技能吸引高麗菜的空檔！」

「大叔，來這邊！離開馬車！」

「好、好吧。可是行李──」

我拉著猶豫不決的大叔的手，帶著他遠離篷車。

「和真！我已經準備好了，隨時可以使出爆裂魔法喔！」

正好在這個時機，一旁的惠惠如此說道。

「高麗菜剛好也聚集在一起了。快收拾它們，確保逃生路線！上吧，惠惠！但是不要波及馬車喔！」

「吾乃惠惠。身為紅魔族第一的魔法師，乃擅使爆裂魔法之人！」

惠惠開始詠唱魔法。啊，差點忘記了，還得叫她才行。

「達克妮絲，快點逃跑，不要被捲進去了！」

「啊啊……再一下、再一下就好──」

「妳瘋了嗎──！快過來──！」

就算是以耐打自豪的達克妮絲，直接挨一發爆裂魔法也很危險。如果是以前就算了，最近爆裂魔法的威力也提升了不少。

「哼、哼、哼……見識吾之力量吧！『Explosion』！」

魔法攻擊成功炸光高麗菜大軍──同時也粉碎了馬車。

「妳在搞什麼啊！竟然把馬車也一起炸了！我說過不要波及馬車吧！」

「紅魔族的字典裡沒有手下留情這個詞。呵……好個爆裂！」

這小鬼——！乾脆就這樣放她倒在路邊好了！

「看、看看你們做的好事……！」

背後傳來壓抑怒氣的聲音。我戰戰兢兢地轉過頭，只見渾身微微顫抖的車夫。

「抱、抱歉啦……反正沒人受傷，應該還好吧？」

我試著好聲好氣安撫對方，希望能夠大事化小。

「說什麼傻話！那馬車裡啊——」

3

一切結束之後，我拖著沉重的身軀來到酒吧。

向女服務生點了唰唰之後，我就這麼攤坐在椅子上。

「豈有此理……明明說是劇團的馬車……」

「誰會想到馬車上載著要獻給貴族的貢品呀。劇團的馬車幹嘛順便送貨啊！」

坐在旁邊的阿克婭毫不掩飾自己的氣憤，大發牢騷。

「就是說啊。要是知道載有那些貨物的話，我也不會使用爆裂魔法了。」

惠惠和達克妮絲站在我的對面。她們好像才剛到。

「……不對，妳還是會用吧。」

「才、才沒有那種事。」

形跡可疑的態度和游移的眼神已經說明了一切。

「因為毀損了珍貴的貴金屬……要賠償四億五千萬艾莉絲……太困難了吧，這要怎樣才還得完啊！」

好不容易告別了負債生活才得到的幸福日常！又一次，我又得回到負債生活嗎！拜託饒了我。你們以為我之前為了還錢吃了多少苦頭啊！

「既然這樣只能去接有高額報酬的高難度任務了呢。像是擊退魔王軍幹部的任務！」

「高難度任務啊……真不想出那種任務——而且就算要出任務好了，只有我們幾個沒問題嗎？如果要承接高難度任務，那麼去公會貼出招募隊員的公告——」

「不好意思，可以打擾一下嗎？」

「嗯？」

一名黑髮女孩打斷了我和阿克婭的對話。

一頭亮澤的黑色長髮上有金色髮夾加以點綴。身材纖瘦的她穿著像個冒險者，但我不記得曾在冒險者公會看過她。

「我聽到你們剛剛說，想去挑戰高難度的任務是嗎？」

「不，還沒有決定……」

「那個，如果方便的話……可以讓我們加入隊伍嗎？」

開口的人是從黑髮女孩身後露出臉來，髮型有點像男生的金髮女孩。她說「我們」表示她們兩個是一起冒險的同伴嗎？

「不如說是讓我們來幫助你們吧。能和我一起出任務，應該很高興吧？」

接著插話的是個將粉紅頭髮綁成雙馬尾，髮型相當醒目的女孩。語氣高傲卻不會讓人感到不悅。只是……她的屬性也太多了。

這種狀況竟然出現三個美少女，這是插了什麼旗嗎？

「我想，我們應該不會礙手礙腳……可以嗎？」

看來帶頭的是黑髮女孩。她朝我站出一步。

「我們確實是有打算招募隊員，話說妳們是誰啊？」

阿克婭的問題十分理所當然。突然對我們這麼說，我們也沒有心理準備。

三個女孩看了看彼此，點了一下頭，然後再次面對我們。

「對了，說來我們還沒自我介紹。我們三個都是舞者，還組了一個團體。主要的活動地點是在阿克塞爾，但也會去各地巡迴——」

「不用說明得那麼仔細。直接自我介紹比較快！」

打斷說明的人是粉紅頭髮雙馬尾。

「那、那個……雖然很害羞，但我會加油的！」

躍躍欲試的態度是很好，不過妳們要加什麼油啊？

「想認識我嗎——？榭蘿，榭蘿，我是小榭蘿！」

自稱榭蘿的女孩像是在鞠躬似地彎下上半身，把手放在嘴邊。

……有點男孩子氣的女孩開始做出莫名其妙的舉動。

「外、外表冷酷，內心火熱！看看莉亞的表演來喘口氣吧……！」

黑髮女孩在「吧」的同時用生疏的動作拋個媚眼。這才發現她已經滿臉通紅。

既然如此，接下來輪到粉紅雙馬尾了吧。

「全世界的可愛大集合！我是可愛增量百分之一千的艾莉卡喔——！」

她原地轉了一圈，露出燦爛的笑容。

毫不怯場，最有模有樣的就是她了，不過……感覺有點超過。

然後三人彼此以眼神示意，接著並肩排好。

「「「我們是千年一遇的舞者團體！阿克塞爾之心！」」」

動作莫名有點時間差，不過還是擺出招牌姿勢。

奇怪，這是什麼感覺？好像有點害羞又有點懷念。覺得在日本看過類似的……

「這自我介紹還真不錯……不能輸給她們，我們也用這種方式自我介紹吧？」

阿克婭不知為何顯得興致勃勃。

「喔喔，招牌姿勢啊。這樣我們也該想個帥氣的招牌姿勢吧？」

「妳們要我在大眾面前做那種事情嗎！要身為貴族的我承受好奇的目光，因羞恥心而痛苦掙扎……真不錯。」

為什麼妳們兩個也幹勁十足啊。

「還是不要吧……我是佐藤和真。然後旁邊這傢伙是阿克婭。再來那邊的兩個是達克妮絲和惠惠。」

「妳們三個人都是舞者吧。難怪這麼可愛呢。」

「可愛……？妳剛剛是不是說了我很可愛！」

「咦？我是有說，怎麼了——」

艾莉卡露出充滿喜悅的表情，在阿克婭面前探出身子。

「呵呵呵，再多說幾句！像我這樣的小可愛要加入你們的隊伍了，高興吧！」

只見她扭動身體用全身表現喜悅，接著又指著我用高高在上的態度發號施令。

這人是怎樣……對可愛這詞的反應也太誇張了吧？真不想跟這種女人扯上關係啊。

「小艾別這樣。不可以對初次見面的人這樣說話啦……」

「所以你們意下如何？要讓我們加入你的隊伍——」

「我拒絕，就算有三個舞者也不成戰力！我們想找的是攻擊力強的上級職業！」

我毫不猶豫，立刻這麼回答。

連聽她把話說完的必要都沒有。包括剛才表明身分的表演在內，總覺得她們有股不太妙的氣息。外在光鮮亮麗內在問題多多的傢伙我已經看得夠多了。

「舞、舞者是工作，我們身為冒險者，還是有自己的職業的！我是槍兵，武器是長槍。對攻擊力還算有點信心。然後艾莉卡則是——」

「我是遊俠。不僅可愛，很多技能都能在出任務時派上用場喔！」

「我、我是大祭司。我能在後方用恢復魔法支援……」

她們三個確實是相當均衡的組合。

「真遺憾。我們隊裡已經有我這個能幹又美麗的大祭司了！」

「我可不記得有妳說的那種隊友！喂，妳抓住我想幹嘛……不過，這傢伙只有能力值高得莫名其妙……所以呢，妳們去找別人吧。掰囉。」

沒有給她們回應的時間，我帶著一把抓住我的頭的阿克婭換個地方坐。

光是煩惱剛才冒出來的債務問題就已經夠頭大了，哪有閒工夫應付看起來就很麻煩的小隊啊。

「啊……」

「他是怎樣。看起來明明就是冒險者這個最弱的職業，竟然還拒絕讓我們加入……」

「怎、怎麼辦……又沒有其他小隊在招募成員……」

「別放棄。只要好好宣傳我們的實力……」

可以稍微聽見她們三個在商量事情的聲音。

不好意思，我就是最弱職業。我已經不想再增加更多燙手山芋了。光是照顧阿克婭她們就已經夠我忙的了。

4

和惠惠以及達克妮絲分開之後，我在鎮上閒晃。

阿克婭好像也無所事事，並肩走在我身旁。

「剛剛的舞者們是不是有點可憐啊？但總覺得和達斯特他們組隊可能還好一點。」

「沒錯。畢竟我們需要的是可以一起接高難度任務的強者！」

阿克婭說得一點都沒錯……先不考慮我們自己的實力的話。

「啊啊，到底該怎麼辦才好！我竟然非得去接高難度任務才行！」

「嗯？怎麼了怎麼了？」

轉頭看向突然從鎮上傳來的響亮人聲，我立刻皺起眉頭。

「我這麼可愛，要去高難度任務太困難了啦！」

「這、這樣的話——我也一起去吧——畢竟我也曾經……在長槍武術大賽上……拿到冠軍啊———」

「我、我也一起去！雖然職業是大祭司，但是也有學習過武術喔！」

「有這麼多實力堅強的人在，就算遇到龍也不用怕了！現在還附送可愛的艾莉卡喔！」

剛才那三個人竟然在我們的前進方向上。話說回來，這是在演哪齣蹩腳戲……難不成是想宣傳自己的實力好入隊嗎？

「和真先生……她們一直在偷看這邊耶。」

「阿克婭，別看！和她們對上眼就會同情她們！快快離開這裡才是上策！」

我抓住阿克婭的臉硬是讓她轉移視線，然後換個方向拔腿就跑。

「啊……他們走掉了。」

「為什麼……還以為我們已經很自然地表現出實力了。」

「哪裡自然了！妳們的演技太差了啦。看來只好靠我努力了！」

背後傳來爭論的聲音。

艾莉卡確實指出癥結所在，不過妳的演技太浮誇了。

5

——隔天。

我像平常一樣在豪宅的沙發上過著怠惰的時間，這時阿克婭拿著一樣東西邊揮邊朝我走過來。

「和真和真——信箱裡有你的包裹喔？」

「寄給我的？什麼東西啊，連寄件人都沒寫……總之先打開看看吧。」

雖然毫無頭緒，不過應該不至於裝了什麼危險物品吧。

「這、這是……女用絲襪！為什麼這種東西會寄給我……？」

「哎呀，這邊有一封信喔。我看看……『這是保證金喔。要是讓我們加入，我會給你更好的東西。超級可愛的艾莉卡上』這樣。」

「那女人在想什麼啊？」

我實在無法理解。她真的覺得收到這種東西會讓人想和她一起冒險嗎？

「在想什麼？和真，這不是該問你才對嗎？在客廳看著女用絲襪笑得不懷好意……那是誰的絲襪？該不會是偷回來的吧！」

在最麻煩的時機現身的達克妮絲如此逼問我。

「才、才不是！這是別人擅自寄來——」

「你是變態嗎？和真，你果然是變態嗎！」

惠惠是在果然什麼！果然是什麼意思！

「等等！達克妮絲、惠惠，妳們聽我說！」

「變態不要過來！」

「跟我保持我半徑五公尺以上的範圍！」

「惠惠也就算了，達克妮絲沒資格說我變態！」

「你、你說什麼——！」

那些舞者害得我在隊伍裡的處境愈來愈糟糕……可惡！

「阿克婭，妳跟我來！去找那些傢伙抗議！」

6

我衝進冒險者公會，環顧四周。

那幾個問題兒童在哪裡……找到了！

「真的不會有問題嗎？寄那種東西過去……」

「沒問題的。他們一定很快就會來找我們，並低頭說『請成為我們的夥伴』邀請我們加入隊伍的！」

「誰會求妳們啊！找到妳了！妳這個混帳舞者！」

看見萬惡的根源，我忍不住往粉紅色的腦袋拍了下去。

「好痛！不要突然拍我的頭啦！要是變笨了怎麼辦！」

「已經夠笨了啦！寄那種奇怪的東西到我家。害我被夥伴當變態了耶！」

「對啊對啊，雖然大家本來就已經當他是變態了，妳們還寄這種東西來，豈不是讓他更難堪？」

「妳可以少說兩句……喂，等一下。咦？我原本就被當成變態了嗎？」

這幾個傢伙在背後是怎麼說我的啊。看來我們要找個時間促膝長談才行。

「如、如果造成你的困擾，我向你道歉。但小艾也是走投無路了……我們無論如何都希望能加入你們的隊伍。」

男孩子氣的女孩乖乖道歉了。記得她叫榭蘿吧。

外表看起來是個乖巧又正常的女孩，不過還不能大意。

「欸，和真……這些女孩好像有什麼苦衷耶？」

「但也不是什麼事都拿苦衷來當藉口吧！我是絕對不會讓這種沒常識的人加入我們的隊伍——」

「其實，運送我們行李的馬車被炸毀了……」

「行李……被炸毀？」

總覺得最近好像哪裡發生過類似的事……？

三人互相看了一眼之後，莉亞準備開口。

啊，不行。我不想聽！我不想知道更多了！

「對。在高麗菜來襲的時候受到某人的魔法波及……表演服裝和舞台裝飾全都被燒掉了。」

「表演要用的服裝和舞台都需要錢，所以得接下高難度任務來賺錢才行……」

「但我們自己去風險太大了，所以才在找可以一起承接高難度任務的人！」

可惡，怎麼想都只有一個可能！那個時候……惠惠那傢伙炸掉的馬車，就是載了這幾個人的行李的馬車嗎！

記得車夫大叔說過，原本車上載的是舞者……

「欸，她們說的馬車該不會是惠惠——」

我連忙摀住阿克婭的嘴，阻止她繼續說下去。

「阿克婭！看、看來她們和妳說的一樣，是有苦衷的。有困難的時候要互相幫助，一起挑戰高難度任務吧！」

「嗚喔嗚啊啊……」

即使如此阿克婭還是有話想說，不過妳就別多嘴了！

其實我一點都不想多管閒事，但既然她們的問題是我們……主要是惠惠搞出來的，我身為隊友就沒辦法裝聾作啞。

「咦……真的嗎？」

「當然。看到女孩子遇到困難，我可不能坐視不管呀。」

即使聽起來有點勉強又可疑，但是現在只能靠氣勢和話術撐過去！

「……你人還滿不錯的嘛。」

啊啊……良心備受苛責。她們的行李被燒掉，有一部分也是我們的錯……

「但沒有先問過惠惠她們，就擅自讓新成員加入，不會有問題嗎？」

被我警告不准多嘴後重獲自由的阿克婭難得提出這種中肯的意見。

「那就先當作試用期，大家一起出趟任務吧。畢竟我也想看看她們的實力如何。」

如果實力不足的話，也可以當成拒絕的理由。

「好啊，我們就大顯身手吧。讓你看看我們不只是可愛而已！」

「那、那麼……就請兩位多多指教了！」

7

與之前相遇的三位舞者一同出任務的日子終於來了。

我和阿克婭等人一起在阿克塞爾的正門等待時，阿克塞爾之心的三位成員翩然來到。由於手裡拿著擅用的武器，看起來比較有冒險者的樣子。

「今天要麻煩妳們了。」

「真是的，居然還需要試用期。我不能接受啦！」

「小艾，這樣太沒禮貌了。是我們有求於人……」

只有粉紅雙馬尾的艾莉卡一臉不滿。

「沒關係的。我們隊裡沒有人心胸狹隘到會為了這點小事生氣。」

惠惠以平靜的口吻如此應對。後面的達克妮絲也用力點頭，像是在說「正是如此」。

心胸狹隘……是吧。惠惠的爆裂魔法、達克妮絲的本名、阿克婭的廢柴女神，妳們三個明明只要被戳中這些關鍵字就會立刻發火，還真敢說。

「重點是，這可是我久等的任務。大家一起加油吧！」

「好！身為大祭司前輩，我可不能輸給樹蘿！」

「不要在那邊燃起奇怪的對抗心態。」

話說回來……我們就這樣順水推舟，一起組隊出任務了，但這樣真的好嗎……

總覺得得趁她們還沒發現是我們燒了衣服之前，跟她們保持距離比較好……

「嗯嗯？你們是……」

正當我如此沉思之時，一個感覺十分輕浮的聲音傳進耳中。

轉頭就看到達斯特。

「果然是和真！你在這邊摸什麼魚啊？而且那些可愛的女生是怎麼回事！你該不會又騙了新的女——」

「別、別說得這麼難聽！我才沒有騙！」

「知道了知道了，反正又有什麼難言之隱對吧？我就不追問了。話說回來，和真，你之前還真是衰啊。」

「唔！」

他該不會是要提那件事吧？

「……之前？」

莉亞看了過來。

糟糕，我只有不祥的預感！

「因為高麗菜比想像中還凶猛，讓劇團的馬車動彈不得。然後在和真的指示下，馬車就被炸——」

「啊啊啊啊啊啊啊啊啊啊啊！」

這個傢伙居然說出這種不該說的話！

我立刻大叫蓋過他的聲音，他剛才的發言應該沒被聽到吧？

「喂，幹嘛突然大叫啦？」

「走吧，出任務嘍！快點！」

「好，我們出發吧！趕快離開這裡吧！」

「喂，和真……！那傢伙是怎麼了？」

雖然有點強硬，不過在達斯特說出什麼對我們更不利的事情之前，我們要儘可能遠離這個地方！

8

我們來到目的地的洞窟。

這個洞窟只是一個開在山壁上的大洞，看起來沒什麼特別之處。

雖然已經來到這裡，不過這麼說來我只注意到是高額報酬，就沒有仔細看內容。原來是採集任務啊——

我一邊在洞窟裡前進，一邊再次確認委託單。

我看看，要採集的是這個啊。

「亞達曼礦石是用來製作武器的對吧？」

「沒錯。我的鎧甲也含有少量的亞達曼礦石喔。但是因為它非常堅硬，加工的難度極高就是了。」

「和真有鍛冶技能，說不定可以自己加工，不用去找鐵匠呢。」

如果真的辦得到的話，不要交給公會，自行加工出售好像也不錯。

好好學習鍛冶技能的話，或許可以賺得更輕鬆一點也說不定。

活用日本知識的道具現在都是委託巴尼爾製作，不過如果只是一些小工具的話，我應該也作得來吧？

「我說，那些都不是重點……我們要不要休息一下？」

「妳在說什麼啊，剛剛不是才休息過？」

「不要這樣嘛——吶，拜託啦？」

「不行就是不行，裝可愛也沒用。」

艾莉卡用撒嬌的聲音求我，但這種時候就應該斷然拒絕。

「可愛？你剛剛是不是說我很可愛！真是的，和真實在太老實了！好吧，那我就再努力一下吧，所以你再說一次好不好？」

好打發的人應對起來是很輕鬆沒錯，但這個傢伙有夠煩的……

「被說可愛就開心太沒格調了。比起可愛，還是帥氣比較重要！」

惠惠對著艾莉卡唱反調。

這兩個人好像合不太來的樣子。畢竟喜好正好相反嘛。

「才沒那回事，可愛比較重要！可愛可愛可愛可愛可愛可愛可愛！」

「帥氣帥氣帥氣帥氣帥氣帥氣帥氣！」

……小朋友吵架都比這個好一點。

「呃，那個……」

「妳們都冷靜一點。地城會有陷阱，要再謹慎一點——」

雖然榭蘿和莉亞幫忙勸架，但兩人都激動到聽不進去。

差不多該制止她們了。看來她們完全忘記這裡是地城內部，繼續置之不理的話會被怪物發現。

「可愛可……嗯？我好像踩到了什麼。」

「「「呀啊————！」」」

剛聽見惠惠和三人組放聲尖叫，就看到她們的身體急速上升。

「吼——真是糟透了！這是什麼啊！」

「妳看不出來嗎？好像是陷阱喔。」

「對啊。繩子都陷進皮膚裡了……看起來好舒服。」

相對於被繩網陷阱吊起來的惠惠和阿克塞爾之心等四個人，阿克婭和達克妮絲只是悠哉地看著她們。

「達克妮絲小姐，不要在那冷靜說明了，請快點救救我們！」

榭蘿等人被迫貼在網子上，模樣相當奇特。

「是、是說這個姿勢……裙子都捲起來了……！不不不、不要看喔和真！你再看我就要使出爆裂魔法了喔！」

「別擔心，我根本沒看。」

雖然根本就看得一清二楚。

多麼美好的景色……感謝妳中陷阱！

「妳們聽好了！其實我過去也曾落入許許多多的陷阱。但每次都有所成長！所以妳們就算掉進陷阱，也不需要感到羞愧。要覺得自豪才對！」

嗚哇——阿克婭竟然在這時候擺起前輩的架子……

「唉……艾莉卡不是有偵測陷阱的技能嗎？」

「啊啊！太久沒出任務，我都忘了……下次我會記得使用的。」

哎呀，不好意思，那個技能我也有，只是忘了用。不過……

「喂、喂，和真，你呆站在那裡做什麼？趕快救出她們比較好吧。」

「和真——？你有在聽嗎？喂——和真先生——？」

現在正精彩，妳們閉嘴。

「裙子！裙子要被捲起來了——」

「等等，不要亂動，繩子會愈咬愈緊……！」

「啊嗚嗚嗚……」

她們愈是掙扎，場面就愈是不妙。

真是賞心悅目啊……艾莉卡幹得漂亮。

9

之後雖然偶有突發狀況，不過大致上進展還算順利。

「找到了！這是亞達曼礦石吧？」

榭蘿拿在手上的礦石和委託單上面畫得一模一樣。

「……沒錯。這樣就收集到指定的量了吧？順利達成第一次任務了！」

「採集任務對我們這個隊伍來說很輕鬆呢。」

「是啊。路上出現的怪物也幾乎都被莉亞她們收拾了……看來能去接高難度任務了呢。」

阿克塞爾之心比預期中的還要派得上用場。

我原本懷疑只是舞者三人組為了製造話題而選擇當冒險者作為消遣，結果她們的實力確實相當了得。

「嗯，真的很可靠。美中不足的就只有途中落入陷阱，吃了一番苦頭而已吧……」

「啊哈哈……那是我稍微大意了點。但你們已經認同我們的實力了吧？」

「是啊，抱歉像這樣測試妳們。之後……也請多指教了。」

莉亞伸出手來，所以我用力握了回去。

「今後也要一起承接任務的契約成立了呢。就由我阿克婭女神來當契約的證人吧！」

「女神？」

莉亞疑惑地看了過來。

又多嘴了。事情即將圓滿收場，拜託妳保持安靜。

「別在意。這傢伙偶爾會說些瘋話。」

達克妮絲和惠惠同時點頭。

「話說回來……莉亞妳的槍術是在哪裡學的？雖然技術非常純熟，但我從來沒看過這種槍法。」

「啊，這個嘛……是哪裡學的呢。我只是隨意擺弄。」

「無師自通……嗎？這樣的話就更了不起了，還那麼年輕就這麼優秀。」

被攻擊不到敵人的達克妮絲這樣稱讚也很奇怪，不過她的武功確實相當了得。

「除了莉亞的槍術，艾莉卡的速度和榭蘿的恢復魔法也有很大的貢獻呢。」

「哼哼——這是當然的。我的優點不是只有外表而已！」

「過、過獎了……」

不同於專精一件事的惠惠和達克妮絲，她們是派得上用場的正常戰力。

……也許跟她們出任務，成功率還比較高吧？

「榭蘿、艾莉卡，也請妳們多指教了。我們以握手代替契約吧！」

「等、等等！榭蘿要是被男人碰到——」

「不要啊——別靠近我啊——！」

我伸出手靠過去，迎接我的是尖叫聲和同時不斷揮來的沉重右直拳。

「嗚哇啊啊啊啊啊——！」

感覺到強烈衝擊的瞬間，我已經撞上牆壁了。

「抱歉。榭蘿有男性恐懼症，一被碰到就會反射性動手。」

「雖說是反射性，動作本身倒是非常紮實呢。」

惠惠，在考察之前先救我吧。

我太大意了，還以為她是普通人……果然還是有某種缺陷的廢材啊……嗯？這是……？

「妳有練過武術嗎？能夠確實刺激人體的弱點，看起來相當舒服呢。」

「嗚嗚，真的很抱歉……！」

「啊——別介意。我會從報酬裡扣除醫藥費和精神賠償的。別說這些了，快看這個。是我被打飛的時候找到的東西……」

「好漂亮的石頭……顏色會隨觀賞角度變化呢！應該是相當高級的礦石吧？」

「這該不會是……變石的原石吧？」

達克妮絲看著阿克婭拿過去的礦石開口。

「是很珍貴的東西嗎？」

「算是非常珍貴的裝飾品，同時也很受貴族喜愛。像這樣的大小，一顆至少值四百萬艾莉絲吧。」

「「「四、四百萬艾莉絲！」」」

我驚訝到忍不住出聲大喊。阿克婭和艾莉卡的反應也一樣。

「和真先生，這是在任務中發現的東西，當然是大家平分對不對？」

「阿克婭，妳真是的。我是在任務完成之後才找到這個的對吧？所以這是我的東西。喂，混帳，放手！」

我從加以抵抗的阿克婭手上搶回變石，收進懷裡。

「四百萬艾莉絲……！要是有那麼多錢，就可以做衣服，重新站上舞台……！」

阿克婭和艾莉卡，妳們不要用那麼可怕的眼神靠近我。

「被打飛竟然能找到寶石的原石……真不愧是幸運值極高的和真，沒有白摔啊。」

「……這附近說不定還找得到變石的原石！」

「不，如果能這麼輕易找到，一定早就被其他冒險者挖光了。」

「說得也對。這是樹蘿的攻擊加上和真的幸運才會偶然發現的。」

「嗚，對不起……」

樹蘿歉疚到整個人都縮起來了。

其實我還想再多抱怨一下，不過看在這顆寶石的份上，我就心胸寬大地原諒她吧。

「哈哈，樹蘿妳別介意。我們是夥伴對吧？剛才說的醫藥費和精神賠償是開玩笑的。」

「這男人還是一樣現實……」

「回到公會之後還可以拿到任務報酬。今天也差不多該回去了吧。」

「欸、欸，和真先生。就把這個給賣了，今天來狂歡一下嘛～」

這傢伙……忘了我們負債的金額了嗎？可是高達四億五千萬啊。仔細想想這根本只是杯水車薪。

「……等等，艾莉卡呢？」

聽莉亞這麼說我才發現。環顧一下四周都沒看到她的人影。

「啥？艾莉卡剛剛還在那裡……」

「該不會是去找變石——」

「吼喔喔喔喔喔喔喔喔喔喔！」

「不要啊，怪物——！救命啊啊啊啊啊！」

這時先是傳來讓人感覺腳下為之震動的低吼，接著聽到女孩子的尖叫。

「這個聲音……是小艾。」

「是從裡面傳來的，趕快過去吧！」

「真是的，艾莉卡那傢伙，不僅掉進陷阱，現在還給我添亂！」

那是……這種地方居然有初學者殺手！

彎過轉角來到開闊的空間，眼前是疑似腿軟而癱坐在地的艾莉卡，武器也掉在腳邊。

她的面前是全身布滿黑色體毛，露出兩根尖銳獠牙的怪物。

「大家上吧！我們去救那傢伙！」

10

莉亞砍倒最後一隻怪物之後，我放心地鬆了一口氣。

「呼，總算安全了。艾莉卡，妳還好嗎？」

「哼，我又沒要你們救我。」

喂喂，事到如今她還想逞強不道歉喔。這個時候應該好好斥責她一下比較好吧？

「妳這……笨蛋！」

才聽見巴掌打在臉上的聲音，就看見莉亞開始教訓艾莉卡。

「艾莉卡！妳為什麼要一個人亂跑！」

「……因為我想要變石。要是有四百萬艾莉絲，就可以辦表演了吧。」

「所以妳才做這麼危險的事……要是死掉怎麼辦！那妳就再也見不到父母了喔！」

「…………」

挨罵的艾莉卡低下頭，安靜了下來。

這個氣氛讓人無法插嘴。這種時候還是默默觀望事情的發展吧。

「欸、欸。背後好像有什麼複雜的原因耶……」

「不知道是不是我們應該涉入的事……」

或許是聽見難得知道看場面的阿克亞和達克妮絲竊竊私語的內容，榭蘿輕聲開口：

「……我們也不是刻意要隱瞞，其實小艾是在育幼院長大的，從來沒見過父母。她好像覺得『要是變可愛，爸爸媽媽就會來接我』，當上舞者也是為了讓父母找到自己……」

原來如此……所以她對「可愛」的反應才那麼誇張啊。

……情況超乎想像地沉重！

「小艾，小莉是因為很在乎妳所以才生氣的喔。」

「……妳不說我也知道啦。」

挨罵的艾莉卡鼓起臉頰，別過頭去。

「那妳應該怎麼做呢？如果覺得自己做錯事了，就要說『對不起』喔。」

「……對不起。還有……謝謝大家來救我。」

「妳懂就好。但之後絕對不可以再亂來了。我們是三個人同一個團體的舞者，以後也要一起站上舞台。」

「嗯、嗯……！對不起、對不起——！嗚哇啊——！莉亞，對不起！榭蘿，對不起——！」

艾莉卡在莉亞的懷裡嚎啕大哭，榭蘿則是輕輕撫摸艾莉卡的背。

看來是圓滿收場了。我實在不擅長處理這種嚴肅的場面，沒事就好。

要是再繼續拖下去，我可能會受不了這個氣氛，叫阿克婭表演宴會才藝了。

「既然都和好了，就三個人一起握手吧？來，手跟手相握——」

為了結束這個狀況，我拉起三人的手試圖讓她們握手。

「和真，我不是說榭蘿不能被男人碰嗎！」

「不要啊啊啊啊啊！」

「唔啊啊啊啊啊！」

這次我早有防範……還是躲不過！

「唉……所以才叫你不要碰她啊。」

「對、對不起！我沒有惡意！」

「並不是沒有惡意……就做什麼都可以被原諒好嗎？」

11

結束採集任務，我們回到阿克塞爾。

這次的任務報酬和變石原石的獲利，最後由我們和莉亞她們平分。其實我原本想獨占原石的，但是考慮到今後的關係還是妥協了。

莉亞她們用這些報酬重新製作表演服裝，並租下阿克塞爾鎮上的小劇場舉辦表演，今天是活動當天——

「人比想像中還多呢。大家都是莉亞她們的粉絲嗎？」

「雖然她們在各地巡演，但似乎一開始是在阿克塞爾活動。所以有粉絲也不奇怪，只是我們不知道而已。」

阿克婭少見多怪地東張西望，達克妮絲則是佯裝冷靜依然難掩好奇。

這種表演有在電視上看過，但來到這個世界之後我也是第一次看到呢……老實說，其實我也很期待。

「啊，好像要開始了喔。」

惠惠好像因為人比想像中更多而看不清楚前面，一邊伸手壓著帽子一邊蹦蹦跳跳。

「各位——！謝謝大家今天的參加！」

「來了這麼多人……哇啊啊。對不起、對不起，真的很抱歉……」

「用不著這樣道歉啦。今天是久違的表演，就來重新自我介紹吧……我們是！」

「「「舞者三人團體『阿克塞爾之心』——！」」」

招牌台詞和動作。

雖然還有一點生澀和羞赧，但也是一種魅力。

看見她們的模樣，雖然只有一瞬間，我也差點就要動心了。

「我、我們會努力唱歌跳舞的，請大家跟我們一起同歡吧。」

「要是把目光從我身上移開，可是會後悔的。把我可愛的模樣烙印在腦海中吧！」

「那麼，第一首歌……」

我原本還不把她們放在眼裡，想說這三個人的歌舞大概沒什麼了不起——

「她們的表演很不錯嘛！」

「觀眾們都為之瘋狂呢。雖然還比不上吾之爆裂魔法。」

「是啊……和注重形式的宮廷舞蹈不同，是充滿活力的的歌舞。這種音樂也很不錯呢。」

在這世界很少聽到的輕快曲調……就像是日本的偶像一樣……嗯？偶像？

……雖然有待琢磨，但是能歌善舞，容貌也沒話說的三人組。

每個人都很有特色，人設鮮明……

這應該有搞頭吧？

「和真，你怎麼眉頭深鎖？該不會是想起欠債的事了吧？」

「不……她們……是偶像！而且還是搖錢樹！無論唱歌跳舞，只要多加訓練就會更亮眼。只要能成為光彩奪目的偶像，錢一定也……！」

「偶像……是什麼啊？」

「就是擁有瘋狂粉絲，進行精彩表演的人喔。」

惠惠不懂偶像是什麼意思而發問，阿克婭便一臉洋洋得意地為她說明。這個世界果然沒有偶像嗎！

……雖然很麻煩，不過比起伴隨生命危險的高額任務，這個方法確實比較安全！

我也想不到其他方法。該這麼做嗎……不，不是這樣。只能放手一搏了！

「決定了！我要培育她們三個！讓她們在更大的地方表演，還要製作周邊商品，靠偶像事業來還清債務吧——！」

順利的話這就是財富密碼，包準可以大賺一票……才對！

第二章

1

我拜託鍛冶工房的老闆，借用店內的一角打造某種東西——

「好——大概就是這樣了吧。」

我按下安裝在手上的棒狀物品上面的按鈕，前端便發出藍光。

「突然找我借用工房，我還以為你要幫自己打一把新的劍呢……那根發光的棒子是用來做什麼的？」

當我專心投入製作之時，鍛冶工房的老闆在背後偷看。他的眼中充滿了好奇心……應該說更接近懷疑的眼神。

誰教我製作的是這種在異世界很少看到的東西，這也難怪。

「這個叫作『螢光棒』，在我出生的國家，會在幫喜歡的人加油的時候點亮這種東西拿起來揮。」

「那種東西會有人想要嗎？」

這個疑問也是理所當然。

「你太天真了，大叔。只要能讓喜歡的人稍微注意一下自己……人都會樂意掏錢的。其他像是寫了喜歡的人的名字的毛巾還有短掛之類的也頗為熱門喔。」

「我不是很懂，總之是類似阿克西斯教徒販賣的肥皂和鍋子那一類的東西吧？」

「也不能說完全不一樣……只是我不想被混為一談。」

被拿來和阿克西斯教徒相提並論，是我最不樂見的事。

「和真和真——你要的紙拿過來嘍。」

剛才提到的擾民教徒之首駕到啦。看來她乖乖幫我把那個拿來了。

「喔喔！那麼妳幫我在那疊紙上印出『握手券』的字樣和官方印記，還有背面的注意事項。」

「握手券……你是說在日本買偶像CD時會附的那種券嗎？」

不愧是負責日本的前女神，原來她知道啊。

「沒錯！我正在製作表演需要的器材，還有鎖定莉亞她們的粉絲的偶像周邊樣品！」

我原本所在的世界有大量偶像在激烈競爭，但是這裡的規模頂多只有舞者在小劇場面對少數觀眾跳舞這種程度。

只要用上我對偶像業界的知識，她們的人氣就會扶搖直上……大賺一票也不是夢！

「我不是很懂，不過……總覺得和真的表情比平常還要下流。」

「他被債務搞得利慾薰心了。不過，我知道。這種時候多半——」

「你們兩個！說我壞話不要被我聽見好嗎！不對，現在沒時間理她們。製作人還真是一刻不得閒啊……！」

其實我也不想做這麼麻煩的事，但是能夠賺到錢的話就另當別論。那些知名製作人或許也是帶著這樣的心情在做事吧。

「再來就是準備毛巾和短掛之類的周邊商品……大致完成之後，也去問問莉亞她們的意見好了！」

2

我捧著完成的商品，來到阿克塞爾之心的三名成員一起生活的獨棟住宅。

她們帶我來到大廳，於是我就在這裡的桌子上將樣品一字排開。

「——就是這麼回事！我立刻試著作了舞者周邊商品的樣品。如何？」

「什麼如何不如何……首先這些所謂的『周邊商品』是要用來做什麼的？」

艾莉卡的眼神像是在看什麼奇怪的東西，榭蘿則是提心吊膽地用手指戳了幾下。

以第一印象的反應而言是差到不能再差了，不過這些對異世界的居民來說算是不明物品，這種反應還在我的預料之內。

「可以用來幫妳們加油，也可以帶來妳們就在身邊的感覺。用途因人而異。」

「呃……大家會想要嗎？」

「當然會想要了。因為粉絲都非常喜歡妳們。喜歡的人露出可愛的笑容拍成照片，肯定會想裝飾在房間裡。這種想法妳們應該多少能夠理解吧？」

「可、可愛……？真是的，和真就是這麼老實。的確，粉絲當然會想要可愛的我的周邊商品。」

只要說出可愛兩個字就可以擺平的艾莉卡固然讓我感到不安，不過要商量事情時倒是很方便。

「一點也沒錯！周邊商品也可以用在讓可愛的妳們更加廣為人知。未來就從這裡開始……所以了，讓我多說明一下今後的計畫吧。」

「唉，真拿你沒辦法。我去泡一壺好茶過來，你要說什麼就多說一點。」

「嗯？這麼說來怎麼沒看到莉亞。」

我太熱衷於說明樣品，不禁忘記少了一個人。

「小莉應該還在房間裡睡覺……」

「這是左右妳們三人未來的重要議題，快想辦法叫醒她！」

我們所有人一起來到莉亞的房間前面，樹蘿稍微用了點力敲門。

我們等了一下，不過……沒有反應。

「小莉，妳還在睡嗎？」

「和真說有事要找可愛的我們商量。莉亞，快起床──！」

我們又等了一下……還是沒有回應。

不僅如此，裡面連一點聲響都沒有。

「欸，乾脆直接進房把她挖起來比較快吧？」

「不、不可以。小莉的房間──」

哎呀，她們當然會阻止我。不過有哪個男人能夠贏過剛睡醒的女生的房間這種誘惑呢！

不，沒有！

「哈、哈、哈，別害羞嘛！打擾了──和真先生向妳說聲早……啥啊啊啊啊啊！」

「所以樹蘿才會阻止你啊……」

艾莉卡沒好氣地這麼說，但我沒空理她。因為眼前的光景讓我看得目不轉睛。

空瓶和零食的垃圾散落一地……還有這個碗也太扯了，裡面的湯都凝固了……！這是什麼垃圾房間啊！

「嗯、嗯嗯……哎呀？榭蘿？艾莉卡？」

剛睡醒還衣衫不整的模樣明明應該很誘人才對，但是周遭的景象離譜到讓我顧不到那邊去。

「早安，莉亞。和真先生說他有事要和我們商量……」

「和真也來啦。早安……別站在那裡了，不用客氣快坐下吧。」

連腳都沒有地方踩了，還說什麼坐！這個傢伙外表看起來正常，結果是個不懂收拾的女人啊……

「啊啊——連脫下來的內褲都亂丟……」

榭蘿拎起來的是內褲嗎！喔喔，看不出個性穩重的她會穿這麼刺激的款式。

「嗚！等一下，內褲實在不好意思見人……」

「妳該為自己的怠惰感到不好意思！算了。先不管這些，今天過來是有要事——」

「小莉，螞蟻在吃沒吃完的零食！請妳趕快整理！」

「沒關係啦，螞蟻也要吃東西才能活下去啊。」

榭蘿的說教打斷了我的發言。

她拎起來的零食包裝袋上面有好幾隻螞蟻。

「今、今天過來是有要——」

「真是的，這杯飲料已經壞掉了喔！怪不得最近家裡有股異味……現在就丟掉！」

「用、用不著那麼生氣吧？沒問題啦，下次休假我一定會打掃——」

「這樣要怎麼談下去啊！快動手，現在立刻打掃！我也會幫忙就是了！」

3

——幾個小時後。我們好不容易整理出一間可以供人正常生活的房間。清理出來的垃圾量多到令人頭皮發麻就是了……

「我不會叫妳隨時保持乾淨，不過至少要維持人進得來的程度吧……」

在日本是個繭居族的我，房間都還好上幾倍。

再怎麼說也沒有誇張到這種程度。

「沒想到你有辦法打掃到這麼乾淨，太厲害了！歡迎你定期來家裡玩！」

榭蘿如此感謝我，不過她肯定完全忘記我原本的目的了吧。

「等等，我今天來的目的不是打掃，而是為了讓妳們大紅大紫——」

「真的，我原本以為你只是個悶騷又貪心的男人，這下好像有點改觀了。」

「先不論改不改觀，知道妳是那樣看待我就讓我受到打擊了。不過既然改觀就好好聽我說吧。我今天過來，是為了提升妳們的——」

「奇怪……我的布偶怎麼不見了！你們把狸太先生收到哪裡去了！」

莉亞打開衣櫥和櫃子，把我們剛收好的衣物再次亂丟到床上。

真是的，這樣沒辦法談話啊！

「我們好不容易才收好的，妳在做什麼！布偶的話我手洗之後晾在外面——不對，妳們聽我說——！我又不是管家！我來這裡是為了當妳們的製作人！」

「「「製作人？」」」

三人同時轉過頭來，偏著頭開口。

這種時候倒是默契十足。

「沒錯！我要讓妳們成為……這個世界第一的舞者團體！」

莉亞她們在聽見「製作人」這個不熟悉的詞彙之後屏息以待，於是我緩緩說道：

「首先，榭蘿的舞蹈動作比其他兩個人俐落多了。妳原本就學過跳舞嗎？」

「不，沒有特別去學……不過家裡讓我練過武術，也許那對於步法之類的部分是很好的訓練。」

在洞窟裡的戰鬥表現也相當穩定。看來她的體幹相當強健。

「喂，你只誇獎榭蘿嗎？我對跳舞也很有自信啊。」

艾莉卡在收拾乾淨的房間裡轉了一個圈，擺出招牌姿勢。

再次像這樣仔細一看，感覺她是最有偶像特質的一個。

「艾莉卡很懂得怎麼帶動觀眾。看著看著自然而然就會為妳加油。」

「哼哼，還有可愛程度也特別突出。」

還有碰上問題時只要說出關鍵字「可愛」就行，所以很好應付。

老實說她確實很可愛，只是看慣了阿克婭、惠惠、達克妮絲等人之後，並不覺得有特別突出……家裡那幾個女人只有外表特別優秀，只有外表。

「莉亞的魅力在於歌唱。曲子也是妳作的嗎？」

就我參觀表演之後的感想，唱功最好的肯定是莉亞。

如果那種有如日本偶像的歌曲是由莉亞創作的，應該很有才華吧。

「是啊。我有個魔道具，無論是用哼的還是演奏，只要輸入旋律就會自動編曲。」

「喔——真是方便！」

「我們稱呼那個為魔導鍵盤。就在那邊啊？是種可以發出各種樂音的優秀魔道具。」

我看向艾莉卡指示的地方，只見桌上擺放的東西像極了由黑鍵與白鍵構成的電子樂器，也就是電子琴。

「我們不會用，所以平常都是拜托小莉。如果我們也會用就好了……」

電子琴……不對，是合成器嗎？看來不像這個世界原本就有的魔道具。下次來參觀一下作曲過程好了。

「無論唱歌、跳舞，還是容貌，妳們都有相當不錯的水準。但是妳們甘於滿足現況嗎？妳們不想往上爬嗎？」

「那還用說，當然想啊！我可得將我的可愛宣揚到全世界才行！」

「……我想多在舞台上表演。想要三個人一起，唱出各式各樣的歌曲。」

「我、我也是！為了有朝一日能夠克服男性恐懼症，成為一個迷人的女孩……！」

三人各有各的想法，不過想在舞者這條路上獲得成功的心願似乎是一致的。

只要能夠刺激這一點，應該有辦法搞定。

「……原來如此。那我就老實說了。只靠妳們的力量，無法獲得超越現況的人氣。」

「咦……？」

「怎麼會……」

「不准你擅自下定論！我們還有成長空間，還可以表演得更棒！」

莉亞忍不住驚叫出聲，樹蘿沉默不語，艾莉卡勃然大怒。光是這樣，三人的個性便能一目瞭然。

動搖對方的精神之後，試著逼她們向對嚴苛的現實好了。

「即使妳們成為全世界最會跳舞的人，也不等於是全世界最能吸引觀眾的舞者！那完全是不同的能力。畢竟明明具備才能，卻依然埋沒在人群之中的人比比皆是。」

「……感覺你很清楚嘛。彷彿見識過舞者百態似的。」

我確實見過很多……不過都是隔著電視螢幕就是了。

「讓我告訴妳們一個好消息吧。之前我一直沒有說，其實我來自一個盛行舞者文化的國家。」

「咦！原、原來是這樣嗎！」

其實那個國家盛行的不是舞者而是偶像，不過我也不算在說謊……吧？

「我在那個國家看過許多激烈競爭的舞者表演。根據這樣的經驗可以斷言——」

這時候要刻意留個話尾，製造停頓。確認所有人都注視著我之後，我緩緩開口：

「想要登峰造極，就需要製作人的力量！如果以為只靠可愛就能紅的話，那可就大錯特錯了！」

「咦？你在說我可愛嗎？啊——怎麼辦！都是我不好，又有一個男人被我迷得神魂顛倒了。我真是罪孽深重的女人……！」

艾莉卡伸手貼著臉頰不住扭腰。她又一如往常地失控了。

「……可愛的艾莉卡，可以稍微安靜一下嗎？」

「好——！可愛的艾莉卡安靜了——！」

……立刻就會乖乖聽話確實是很輕鬆，只是每次都是同樣的套路，害我開始有點懶得應付她了。

「我繼續說下去……聽好了，妳們確實很有才華，但是現在還只是原石。妳們需要能夠將原石琢磨成寶石的人……換句話說，也就是製作人！」

……在選秀節目上，有人說過類似的話。雖然是抄來的台詞，不過這個世界的居民無從得知。

「請、請問。我們剛才也問過了……話說『製作人』到底是什麼呢？」

「看出舞者的才華並加以琢磨……並且居中牽線，將經過琢磨的舞者的魅力呈現在粉絲面前。這就是製作人！」

她們三個好像不太能夠理解，只是皺著眉頭盯著我。在這種場面開始畏縮而改變態度的話就是二流人物。事到如今只有隨時隨地展現強勢作風，把話說得斬釘截鐵！

「就讓在舞者文化盛行的國家經過千錘百鍊的本大爺，佐藤和真當妳們的製作人！」

不過我只有看過音樂節目，沒有實際當過製作人就是了！

全部都是抄襲和依樣畫葫蘆就是了！

「真的嗎！和真和可愛的我一起搭檔簡直是最強的！」

「先、先等一下……突然說要當我們的製作人，我們也搞不懂和真具體來說可以為我們做些什麼啊？」

問得好。莉亞是三個人當中最可靠的。

「我會擬定讓妳們暴紅的計畫……首先是走出阿克塞爾，周遊各個城鎮舉辦公演！這個稱為『巡迴』。」

「這個我們之前就已經在做了……」

低語的莉亞顯得有點失望，於是我伸手制止她。

「妳先聽我說到最後。今後在公演時要販售周邊商品，還要舉辦握手會！」

我在日本學過這招有賺頭！

只要能夠抓住瘋狂的粉絲，他們有多少錢都會掏出來。

「你說握手會……難、難不成是要和粉絲握手嗎！」

「等一下，和真應該沒忘記吧？榭蘿和男人接觸的話——」

「握手會的目的正是這個。藉由握手會鍛鍊精神，早日克服男性恐懼症……不正視自己的弱點就無法有所成就！而且巡迴演出也是為了艾莉卡和莉亞好喔？」

「為我們好……？」

莉亞感覺還是半信半疑，不過聽我說話的時候倒是興致勃勃。

看來我要再加把勁，她很快就會動心了。

「以這個離魔王城最遠的城鎮為中心從事舞者活動，就算能闖出知名度也很有限吧？妳們應該進軍世界，交出漂亮的成績！有了成績就會有人氣，有了人氣就會不斷有人找妳們表演。莉亞也想一直以舞者的身分站上舞台吧？」

「是、是啊……」

「而且到各地公演提升知名度後，艾莉卡見到父母的機率應該也會提升好幾倍！」

「和真……」

「和真先生是為了我們著想嗎……？」

艾莉卡和樹蘿感動到眼淚在眼眶裡打轉。

好──這樣應該就能順利誘導她們吧。

「慢著……我怎樣都想不通。為什麼你要對幾天前才剛認識的我們如此著想，還對我們這麼好呢？」

眼看就快要順利說服她們之時，莉亞在一旁潑冷水。

果然，三個人當中最棘手的就是她了嗎？不過我可是靠著能說善道和手腳俐落突破各種局面，接下來才是我展現實力的時候。

「我剛才不是說了嗎？妳們是原石。我只是想針對這點賭一把而已。所以今後我會全力支援妳們。為了妳們，即使要我賭上身家也在所不辭！」

我說得十分激動。或許看來有點浮誇，不過這時就是要這麼浮誇才比較有說服力。

「居然有如此覺悟……」

「那麼，我要妳們好好告訴我。妳們願不願意讓我當妳們的製作人？」

三人互看一眼，輕輕點頭之後，同時看向我這邊。

「那當然了！讓全世界的人都看見可愛的我吧！」

「為了不辜負和真先生的期待，我也會全力以赴！」

「……我的想法也和她們兩個一樣。和真，拜託你了。」

作戰成功！雖說我的良心也不是完全不會痛，不過這對她們而言也有合理的好處。

這確實是對彼此都有好處的雙贏關係沒錯。我要成功經營這門偶像事業，朝著還清債務的目標邁進——！

我在三人看不到的地方用力握緊拳頭。

「莉亞、榭蘿、艾莉卡！今後我們就是一起同甘共苦的命運共同體了！我要帶領妳們登上舞者業界的頂端！」

我對她們露出充滿自信的笑容，用力點了一下頭。

「咳咳……然後就像我剛才說過的一樣，帶領舞者的人稱為製作人。以後妳們都要這樣稱呼我。」

「我明白了，製作人！」

「我們的製作人啊……今後請你多多指教。」

「我、我會加油的，請你看著吧，製作人先生。」

該怎麼說，感覺真不錯。我現在可以理解那些沉迷於偶像養成遊戲的傢伙的心情了。

「怪了，你好像很開心耶？」

「不不不，這是我的問題，妳們別放在心上。那麼正式來過……阿克塞爾之心的各位！今後我們一起加油吧。我可是會嚴格鍛鍊妳們喔？」

「「「是！」」」

在那之後順利結束在阿克塞爾的公演，和我一起開始巡迴公演的阿克塞爾之心來到紅魔之里——

「紅魔之里的各位，很高興初次與大家見面！」

「「「我們是千年一遇的舞者團體！阿克塞爾之心！」」」

首先由最會炒熱氣氛的艾莉卡活力十足地打招呼，三個人接著齊聲擺姿勢。成果還算差強人意。

「好，停——彩排暫時到此為止——」

我們正在設置室外舞台的廣場上反覆進行彩排。

「看到這裡……有什麼想法嗎？紅魔族的觀眾代表，有夠會小姐。」

我詢問跑來看熱鬧的她們。

「……真是太危險了。幸好這還只是彩排。」

……為什麼有夠會總是愛用這種意有所指的方式說話啊。

在這個詭異的村子裡創作啟人疑竇的小說，左眼還戴著眼罩。光是這樣就知道她不是普通人。

「莉亞等人的歌聲有股觸動人心的力量。不過還缺了點什麼……某種類似爆裂成分的要素。」

在有夠會之後，惠惠也表示意見，不過這個應該不需要參考吧。

某種類似爆裂成分的要素是什麼啦。

「……妳就算回來紅魔之里，說的話也不會變呢。芸芸和米米覺得呢？」

我姑且試著詢問觀眾三號和四號。

剩下兩個人當中，一個是不知為何聽到我們說要去紅魔之里就一起跟來的芸芸。就住在這裡的人來說，她的感覺最正常。

「我、我覺得很可愛又很棒……」

「不上不下。」

年幼少女米米如此斷定。

「哎呀，小小年紀就這麼毒舌啊。」

或許正因為是小孩子，才能說得肆無忌憚嗎？這個孩子是惠惠的妹妹，卻比姊姊還要會算計，或者說是精明。

結果老實給予稱讚的只有芸芸啊。

「在阿克塞爾時觀眾明明挺開心的，沒想到評價居然會差這麼多——」

大概是因為反應不如預期吧，莉亞明顯感到失望。

「所以才需要配合公演地點和客群改變呈現方式。應該說提早發現反而是件好事。我之所以拜託有夠會和米米來參觀彩排，也是想問她們的感想再來擬定因應措施。」

「因應措施是吧……既然如此，我就直說了。妳們有個致命的不足之處。」

有夠會的舉手投足浮誇又做作，似乎誤會自己是秀導還是什麼了。

我原本想阻止她，但又覺得她可能說出值得參考的意見，還是先閉嘴好了。

「呃……像是自信之類的嗎？」

榭蘿怯生生地舉手發表意見。

「自信確實也不夠，不過還有更致命的缺陷。」

「自我介紹的台詞再多下點工夫比較好之類的？」

這種模範生發言很有莉亞的風格。

「雖不中亦不遠矣。逐漸掌握到重點了。」

直接告訴她們不是比較快嗎，為什麼要賣關子啊……這傢伙其實很享受這個情境吧？

「我知道了！團體中最可愛的我，應該扮演中心人物的角色……妳想說這一點吧？」

「嗯，不對喔。」

這個時候就答得很快。

「看來妳們都不懂啊，我來告訴妳們好了。妳們最缺乏的東西就是……帥氣！」

聽到惠惠的發言，紅魔族眾人用力點頭表示同意。

「妳在說什麼啊，我們是舞者耶！我們該追求的是可愛，哪管什麼帥氣……！」

「呵……既然如此，吾現在就親身證明吾所言不虛好了。睜大眼睛看清楚了！這才是能夠撼動人心的自我介紹！」

惠惠如此大喊，接著有夠會、米米、芸芸就像是在等待這個時機似的聚集起來。所有人的整隊動作都很流暢，甚至到了我想問她們是否事先決定站位的程度。

「吾乃惠惠！以大法師為業，乃擅使爆裂魔法之人！」

「吾乃有夠會！發育程度為紅魔族第一，乃終將成為作家之人！」

「吾乃米米！紅魔族首屈一指的萬人迷妹妹！乃強於魔王軍幹部之人！」

「吾吾、吾乃……呃呃……」

相較於幹勁十足的三人，唯有芸芸顯得畏畏縮縮。

「妳在害羞什麼啊，芸芸！這樣還算是族長的女兒嗎！照著我們的彩排好好表現！」

彩排……妳們果然事先練過喔。

「只有芸芸做不好。邊緣人？」

不可以喔，米米。不要一語道破。

「我、我才不是邊緣人！我只是、就是……」

「這次自我介紹成功的話，肯定可以交到朋友……懂嗎？」

在米米的誘導之下，芸芸一臉茅塞頓開的樣子。

對艾莉卡說可愛、對芸芸說朋友，光是這樣就可以搞定她們。

「交、交到朋友！」

看吧，上鉤了。

「吾乃芸芸！身為紅魔族首屈一指的魔法高手，乃終將成為族長之人！」

擺出招牌姿勢的同時，出現在背後的落雷引發爆炸，大概是芸芸和有夠會的魔法吧。

「確實是比我們的自我介紹還要有震撼力……看來必須參考這個，想出迎合紅魔族喜好的自我介紹才行。」

樹蘿也太老實了——不過在這裡的話，她們的說法也不無道理。畢竟這裡的居民的感覺都頗為偏差。

乖乖聽從紅魔族的無理要求，阿克塞爾之心的三人開始提出改良自我介紹的意見……暫時觀望一下好了。

5

在紅魔之里的表演也順利成功，周邊商品也帶來不少利潤。

接著我們一行人為了公演來到的地方……是我個人不是很想來的水與溫泉之都阿爾坎雷堤亞——

「這裡就是阿爾坎雷堤亞！感覺是個很開心的城鎮！」

天真無邪的艾莉卡顯得十分興奮。

無知便是福就是這麼回事吧。

「惠惠拒絕來這裡時我還心想這是怎樣的城鎮，看起來是個很不錯的地方啊。」

莉亞望著街景表示讚嘆。

阿爾坎雷堤亞以清澈的湖泊以及溫泉聞名，水路遍布整個城鎮。

以藍色為基調的街景看起來相當整潔，當初的我也是深受吸引。

……風景確實很棒，只論風景的話。惠惠的判斷是正確的。如果不是為了做生意，我也不打算再次來到這裡。話說我已經有一點……應該說是相當後悔。

「阿克婭小姐很熟悉這裡對吧？如果阿克婭小姐也能來就好了……」

榭蘿，不要說那種傻話。那個傢伙在場只會加快惹麻煩的速度，所以我是故意扔下阿克婭的。

「我會努力補上阿克婭和惠惠的缺口。無論是公演時的警衛工作，還是要幫忙販售周邊商品，有任何需要儘管吩咐。」

只有達克妮絲喜不自勝地跟了過來。背後的理由……我不打算多想。

「達克妮絲……妳這樣說是讓人很放心，不過先把艾莉絲教的護身符收到看不見的地方再說吧。」

即使明知沒用，我姑且還是叮嚀她一下。

「我拒絕！」

「又會被小朋友丟石頭喔？」

「求之不得！」

「我就覺得妳在進入鎮上之前不知道在心癢難耐什麼，果然是這麼回事嗎！快點給我收起來！這樣會妨礙我們販售商品！」

「不要！我不會交給任何人！」

我想搶走卻被她以怪力抵抗。別說幫忙了，這樣只會扯後腿吧！

真是夠了，這樣真的有辦法表演嗎！

——所幸我的不安沒有成真，表演順利結束了。

這讓提高警覺的我有種白費力氣的感覺，不過沒事當然最好。

「真的非常感謝各位今天蒞臨現場！」

兩人跟著莉亞一起鞠躬，接著掌聲與盛大的歡呼聲響徹會場——

「……雖然有點遺憾，不過看來阿爾坎雷堤亞的公演應該可以平安落幕。」

「是啊……慢著，妳在遺憾什麼。」

「我原本還期待……擔心會聽到更多叫罵聲的，不過沒事就是好事吧。」

正如達克妮絲所說，到目前為止沒有發生什麼大問題，一切都很順利。

但是直到最後一刻都不能掉以輕心。再怎麼說，這裡都是「那個」阿克西斯教的總部，阿爾坎雷堤亞。

「大家看過來～～！艾莉卡的照片好評熱賣中，還附握手券喔～～！」

「毛巾和照片是吧，謝謝惠顧。連我的都買了……」

「謝謝你的支持……握手會不是現在，再等一下。」

達克妮絲讓我有點擔心，不過她們三個倒是很努力。

看見她們的表現，達克妮絲似乎也改變想法，舉著指示牌賣力大喊：

「隊伍分成兩排！附握手券的商品請排這邊——！」

「呸！我沒必要遵守艾莉絲教徒說的話！」

「嗯啊……只是認真幫忙就要面對這種對待。真讓人欲罷不能！」

……雖然有些不安，不過購買商品的客人還算絡繹不絕。商品開發能夠及時完成真是太好了。借助巴尼爾的力量進行製作果然是正確選擇。

我原本打算全部親手製作，但是製作人的工作比想像中的還要繁忙，作到一半就外包給巴尼爾了。

雖然支出增加，但是照這樣看來應該會有盈餘。附握手券這招果然大受歡迎，只要多增加附握手券的商品數量，銷售額也會翻倍！行得通！

「莉亞小姐的歌聲非常療癒人心。充滿透明感的聲音，絲毫不亞於阿克婭女神呢。」

喔，還有帶著小女孩的媽媽啊。我是把目標客層鎖定在男性沒錯，不過能受到女性歡迎當然更好。這種粉絲也得好好珍惜才行。

「謝、謝謝妳。聽了真有點害臊……」

「我現在是艾莉卡的粉絲。艾莉卡閃閃亮亮可愛極了！」

「哎呀～～妳很有眼光嘛。多送妳一張照片！」

小女孩是艾莉卡的粉絲啊。看來她很受小朋友喜愛，我要記住這一點。

「吶吶，有握手券的商品和沒有的商品有什麼不一樣啊？」

「這個嘛，買了有握手券的商品的話，就可以參加之後舉辦的握手會喔。」

榭蘿柔聲對著小女孩說明，小女孩便笑容滿面地回應：

「可以握手嗎！我也想參加！」

「不可以。我們沒有時間參加握手會，也不夠錢買附握手券的商品……」

母親輕聲規勸興奮的小女孩。聽到她們的對話，讓我覺得自己好像做了什麼壞事。

不，這也是在做生意……一切都是為了還債！

「……我、我現在也可以跟妳握手——」

艾莉卡內心動搖的程度似乎比我還要嚴重，手都快伸出去了。

「沒關係，這樣不好。大家都付了錢……只有我沒付錢就可以握手太不公平了。不過可以的話……艾莉卡願意用簽名代替握手嗎？我沒有簽名板，想請妳簽在這張紙上。」

小女孩害羞地拿出一張紙。

「當然可以，拿筆給我——」

「不要上當————！那是阿克西斯教的入教申請書————！」

7

「嗚嗚……好可怕……我差點就要被騙進阿克西斯教了……」

大概是真的嚇到了吧，艾莉卡背對著大家縮成一團，抖個不停。

那些阿克西斯教徒會用盡各種手段逼人入教，真的是一點都不能大意。

尤其是利用少女的伎倆，之前連我都差點上當，更要特別留意。

「讓艾莉卡單獨行動的話，大概會迷迷糊糊地信教了吧。叫達克妮絲跟去把人拉開好了。唉……握手會原本的問題還沒解決的說。」

「問題？」

喂喂，妳怎麼會沒發現啊，莉亞。妳們相處的時間明明比我久。

「明明就有一個大問題啊……樹蘿，來握手。」

「呀啊啊啊啊！」

來了來了，熟悉的打臉拳——什麼！

「嗚嘔……沒想到是假打臉真打肚子。這招實在躲不過……看來樹蘿的男性恐懼症果然還沒治好。如果戴上手套的話，握手的時候有辦法不發作嗎？」

榭蘿猶豫不決地伸出手，豎起五根手指。

要戴五層啊。好、好吧，這樣應該還行。

「五、五十層的話可能勉強……」

「五十層喔！那已經是棒球手套的厚度了……不過事到如今也無可奈何，利益優先！妳就戴五十層手套去握手吧！當天要是有什麼狀況就拜託妳了，達克妮絲……奇怪，這麼說來達克妮絲呢？」

我環顧四下，發現達克妮絲被幾個小孩包圍。

「看招，看招！可惡的艾莉絲教徒！」

「啊嗚，住、住手……住手啊～」

「……那些阿克西斯教的小孩在對她丟石頭耶。不用救她嗎？」

艾莉卡好像很擔心她，不過我的答案當然只有一個。

「不用理她。」

「咦，怎麼可以不理她啊！達克妮絲，妳還好嗎？」

完全不知情的艾莉卡趕往達克妮絲身邊。

「沒問題。不如說這裡真是個好地方。呼、呼……我要在這裡多待一會兒！」

紅著臉露出喜悅笑容的達克妮絲讓艾莉卡退避三舍。

看吧……唉，看來拉開客人的工作只能靠我一個人了。

8

總算順利？結束在阿爾坎雷堤亞的表演之後，作為舞者修煉的集大成，我們接著來到王都。

由於上次達克妮絲沒派上什麼用場，死心的我決定僱個人來幫忙，於是問了感覺整年都很閒的達斯特——

「呃，王都啊。那我不幹。我不太想靠近那個地方。」

然而卻被他拒絕了。阿克婭和惠惠好像也很忙，結果只能由阿克塞爾的三個成員和我自己設法處理了。

「真不愧是王都，好大的城門！」

也難怪艾莉卡這麼驚訝。這裡的規模比阿克塞爾還有之前去過的城鎮都大得多。

「因為這裡是國王陛下居住的首都。身經百戰的強者們不分日夜保護這裡免受魔王軍的襲擊喔？」

看著靜不下來的艾莉卡，榭蘿主動負起幫忙說明的責任。

「榭蘿知道得也太詳細了吧。妳來過這裡嗎？」

「那是當然吧。榭蘿可是貴族。」

「這樣啊，原來她是貴族……等等，榭蘿是貴族？這個會毆打男人的傢伙沒辦法出席社交場合吧！」

這麼說來，榭蘿的金髮確實是貴族的特徵。

「喂，對女生說這種話太沒禮貌了吧？」

「艾莉卡，我無所謂……會不由自主施暴也是事實。而且實際上我確實無法出席社交場合。在有其他繼承人之前，我一直被家裡當成男生來養……其他貴族都說我是個軟弱的娘娘腔。」

這是霸凌嗎？男性恐懼症也是因為這樣而來嗎……這個傢伙也滿辛苦的。可是見識過她的拳頭之後，應該馬上就會閉嘴了吧。

姑且還是給她一點忠告吧。

「王都是大都市，會有很多男性觀眾到場。妳可要加倍小心，避免使用暴力喔？」

「王都的公演為期兩天！這兩天在公演前後還要販售周邊商品……我們要大賣特賣，賣出好成績來！」

「我會儘可能加油的！」

……這個答案真教人不安。

9

「「「今天非常感謝各位！明天也請多多關照！」」」

深深一鞠躬的阿克塞爾之心得到熱烈的聲援。

「嗯嗯，大家都表現得很好。」

在舞台旁邊看著她們的我也使勁鼓掌。

我之所以擔任製作人，原本是為了賺錢，但是最近開始覺得就這樣繼續經營偶像事業，或許比較符合我的個性。

比起應對阿克婭她們不斷勞心勞力，和她們這些個性又好，又能夠為人們帶來快樂的人一起生活，對我而言也比較幸福吧？

再加上這次負債的原因也是惠惠不聽我的吩咐，又不是我的錯！

當我想著這些事時，表演順利結束，在劇場裡舉辦的握手會接著開始——

「可愛的艾莉卡小姐！可以請妳單獨為我來一次自我介紹嗎？」

「真拿你沒辦法……全世界的可愛大集合！我是可愛度百分之一千的艾莉卡——！」

艾莉卡全力回應客人的要求。真是偶像的楷模。

不過習慣真是了不起。原本她的自我介紹會讓我感到不好意思，現在已經可以毫不在意地左耳進右耳出。

「莉亞小姐，今天的表演也是精彩至極！我從妳們在阿克塞爾活動的時候開始一直追到現在！」

「真的嗎？我很開心。可是讓你專程來到這麼遠的地方……可別太勉強自己了。」

很好，莉亞。得到這種回應的粉絲會對妳們更加著迷，有多少錢都會掏出來。

她大概只是真心在表示關懷吧，看來天生就有魅惑人心的才能。

「樹、樹蘿近看還是一樣嬌小又可愛呢！」

「謝、謝謝你……哈，啊哈哈哈。」

「雖然隔著這麼厚的手套，可以握手還是像在作夢。樹蘿就在這麼近的地方——」

樹蘿的粉絲有很多怪人。大概是因為她在三人當中看起來最文靜的吧。她或許有吸引麻煩客人的才能。

「好了，時間到。謝謝你。下一位請上前……啊，那位客人，禁止插隊喔？」

呼……一個人應對這麼多客人，老實說真的很累。果然還是應該找阿克婭她們過來幫忙嗎……？

「請、請不要這樣！」

榭蘿的尖叫聲讓我回過神來。

喂喂，她又被難搞的客人纏上了嗎？

奧客是個穿著華麗，中年發福體型的男子。只見他激動地問個沒完。

「為什麼，太奇怪了吧！我的確買了附有榭蘿握手券的周邊商品！應該有握手的權利才對！不是像這樣隔著手套，而是肌膚互親！」

早就知道會有這種客訴。

我事先預料到這個狀況，也確實準備了對策。

「這位客人，不好意思。關於這個問題，如同握手券上面的注意事項所示──」

我一邊指著寫在握手券角落的小字，一邊介入兩人之間，卻被輕易推開。

這個奧客挺有力氣的！

「少囉嗦！好了，現在立刻脫掉那個厚厚的手套！」

「不、不可以……！」

奧客硬是扯掉手套之後，用雙手直接握住樹蘿的手。

那個白痴！你要是這麼做的話！

「客人，請不要擅自觸碰舞者——」

「來，握手。」

「不要啊啊——！」

「嗚喔喔喔喔！」

樹蘿全力揮出一記令人佩服的右直拳，直接命中對方的臉。

奧客在地板滾了好幾圈，撞上劇場的牆壁之後便一動也不動。

真的動手了！

「這位客人————————！喂，樹蘿也冷靜一點——」

「不要過來——！」

「喔哇啊啊啊啊！」

陷入慌亂的樹蘿毫不留情地一拳打在我臉上。

可惡，我一個人果然應付不來！如果有把達克妮絲或惠惠帶來就好了……！

「樹蘿！妳、妳先冷靜下來！」

「啊……對不起，和真先生！我一不小心就……！」

「別管我了，先擔心客人吧！」

那可是重要的財源！而且這種負面消息馬上就會傳開，所以要先設法大事化小。

「請、請問……你還好嗎？榭蘿其實並沒有惡意，如果你可以不要討厭她的話，我會很開心……」

艾莉卡跑到躺在地上的奧客身邊，用撒嬌的聲音如此懇求。

再怎麼說，拜託人家這種事也太勉強了——

「我、我怎麼可能會討厭她。居、居然對我使用這麼激烈的暴力……這是多麼地熱情啊——！」

挨揍的奧客不但沒生氣……反而很開心？

難不成這個傢伙也和被打被罵反而會高興的達克妮絲是同類嗎！

「這、這個……奇怪……」

「這就是受虐狂嗎……？」

我已經無數次親眼目睹達克妮絲的性癖所以不算太衝擊，但是對榭蘿和艾莉卡而言好像太刺激了。加害人反而比較害怕。

「既然如此真是太好了……不對，快看！他的身體在慢慢變色……！」

「對於身為粉絲的我，居然……居然使用這麼激烈的暴力……！」

大吼大叫的奧客身體逐漸膨脹。脹破衣服之後露出的膚色慢慢轉綠，頭上長出一根尖角，臉也愈來愈醜。

「這傢伙是巨魔……！怪物變身成人類是嗎？」

「不要叫我巨魔，我有查理這個名字。我愈來愈喜歡樹蘿了——————！樹蘿是屬於我的——————！」

這已經遠超過奧客的程度了！怪物學人家追星是怎麼回事！

「怪怪怪、怪物啊！」

「大家快逃——————！」

突然出現的巨魔嚇得客人四散逃跑，握手會現場陷入恐慌。

查理看見驚慌失措的客人甚至得意忘形了起來，開始破壞舞台和布置。

「那個傢伙竟然這樣亂來！好好的公演都被搞砸了！」

「我不會把樹蘿交給任何人——————！」

查理擋在樹蘿身前，同時嚇唬其他客人。

巨魔是以耐打和恢復力見長的怪物。尋常的攻擊無法對牠造成傷害。是的……尋常的攻擊行不通……

我發動「潛伏」技能，偷偷溜到樹蘿背後。查理和樹蘿都沒有察覺我的存在。

於是我用力吸了一口氣——

「喂，前面的奧客！」

然後放聲大吼。在驚訝的查理轉過頭來的同時，往榭蘿的背上推了一把。

榭蘿就這麼撲到轉過頭來的查理身上。

也不知道是否誤會什麼，查理欣喜若狂地作勢想要抱住榭蘿。

「咦、咦、咦，不、不要啊啊啊啊啊啊！」

於是隨著尖叫聲同時揮出的右拳因為體格的差距，打在男人的重要部位上……

「嗚嘎……咕喔、喔、喔、喔……」

查理彎下身子，發出微弱的哀號。

「嗚哇。」

我不禁摀著自己的胯下，感覺背脊竄過一陣涼意。

「這是……獎勵……唔…………」

我看著彎腰逃跑的巨魔，心想這是打倒牠的大好機會，但是要在這個狀況落井下石實在讓人於心不忍……嗯，放牠一馬吧。

10

在王都的握手會上發生巨魔騷動之後過了幾天，我在阿克塞爾的酒吧喝悶酒。

「噗哈——！不好意思——再給我一杯唰唰——！」

「…………」

坐在對面的惠惠看著我不發一語。

「怎樣啦惠惠，不要用那種憐憫的眼神看著我好嗎？」

不准看扁我。妳以為是誰害得我這麼辛苦啊。

「我也沒辦法啊，事實上你是很可憐嘛。舞者巡演明明一直到中途都很順利的。」

阿克婭也覺得事不關己就瞧不起我。債務還不完妳也一樣有麻煩喔。

「雖然趕跑了在握手會上作亂的巨魔，但是因為牠大鬧特鬧，搞得王都的劇場不成原形……身為演出的負責人，必須支付鉅額賠償金啊。真是太倒楣了，和真。」

「不只是這樣！第二天還得取消公演以及退票，沒賣掉的周邊商品成了過剩的庫存……根本虧慘了好嗎，虧、慘、了！」

「我一開始就知道會這樣了。每次和真先生變成這樣的時候，多半都會發生不好的事！我好幾次想要勸你，但是和真先生想賺錢想瘋了，完全不聽我的話！」

可惡，不過就是阿克婭還敢這麼振振有辭。簡直就像完全都是我的錯一樣……雖然我也有稍微反省就是了。

「好了好了，阿克婭，該適可而止了。和真也是為了舞者她們好才那麼做，肯定不是因為利慾薰心而行動的。對吧，和真？」

「……當、當然是這樣啊。」

我別開視線含糊帶過。

別這樣，不要用那種溫柔的眼神看我。

「和真……你的視線很飄忽不定喔？」

惠惠，不要特地繞過來看我的臉。

我用雙手夾住她的臉把她推開，這時忽然有個聲音從背後傳過來。

「打擾一下。這位小姐剛才稱呼你為和真……你就是佐藤和真先生對吧？可以耽誤你一下嗎？」

轉過頭去，看見一位不像會出現在這種酒吧裡，看起來就很有錢，服裝品味絕佳的老紳士。

「啊，是的。我就是和真沒錯，請問有什麼事……？」

「初次見面，幸會。我是阿克塞爾的劇場經理。」

又有麻煩找上門了嗎？我們沒在阿克塞爾的劇場造成任何損失吧？

懷著這樣的不安，我試著聽聽看他的說法——

11

「你想僱用我們，是嗎……？」

和老經理談完之後，我立刻把阿克塞爾之心叫來酒吧。等所有人到齊之後，我把剛才和老經理談論的內容告訴她們，於是演變成現在這個局面。

「他好像在王都看了妳們的表演。所以才對妳們產生興趣。」

「沒錯。握手會的狀況雖然遺憾，不過表演真的非常精彩……就這樣消失太可惜了。雖然是我一相情願的請求，不過可以請妳們在我經營的劇場上台演出嗎？」

老紳士露出和藹的微笑。

「別那麼說……這對我們而言是求之不得的提議。我們才要請你多多關照。」

「……我、我也會儘量努力不發作的。請務必給我們這個機會！」

「謝謝你，老爺爺！晚一點我再幫你簽名！」

「呵呵。那麼過幾天我再拿正式的契約書過來。今後還請妳們多多幫忙了。」

看來這次見面相當順利。

既然她們三個也爽快答應了，應該沒什麼問題吧。

「太好了！一路努力至今總算值得了！」

「畢竟無論再怎麼說，妳們都有不少粉絲，表演的水準也相當高。」

就連原本純粹當成生意看待的我都快被迷倒了。

「謝謝……以舞者的身分確實獲得認同，感覺挺愉快的。這樣一來又可以繼續站上舞台，和大家一起表演了。」

「我……一開始是當成治療男性恐懼症的訓練，但是現在能夠一起表演，更加讓我感到開心！」

「我也是。我們三個在一起才是阿克塞爾之心！今後登上舞台的時候也要三個人一起才行！」

她們三個的感情真的很好呢。

時機正好，趁現在問一個我從之前就很好奇的問題好了。

「這麼說來，我已經聽說過榭蘿和艾莉卡當舞者的理由了，可是莉亞又是為什麼當舞者呢？」

「這個……是祕密。呵呵。」

「……？」

好吧，那就算了。追問太多只會被討厭而已。

「總而言之……榭蘿、艾莉卡，今後也拜託妳們多多關照了！」

「嗯、嗯，美好的友誼真是太棒了！光是這樣，這次巡迴演出就有意義了。所以你也打起精神來吧，和真？」

「是啊，說得沒錯——」

才怪！我可是背負龐大的債務啊！

友誼連一艾莉絲都換不到……！對了，拜託經理讓我抽手續費如何？

必須趕快確立起巧妙的機制，讓我能夠以舞者三人組的發起人之姿，每個月不用做任何事也有收入才行……！

「和真，你又露出壞人臉嘍？這個男人真是學不乖耶……」

「唷，和真！找了這麼多可愛的女生，大白天就在舉辦宴會啊，你也未免過得太爽了吧，喂！」

這時有個人對我大聲嚷嚷，妨礙我的思考。

抬頭一看，發現是熟識的醉漢。

「怎樣啦，達斯特？我現在很忙，沒空理你。」

心情正好的達斯特東倒西歪地走過來，所以我揮了揮手要他走開。

「幹嘛對我那麼冷淡——我和你的交情沒那麼淺吧。這麼說來，我聽到一件有趣的事。你這次弄壞了王都的劇場是吧？」

「這次……？」

聽到這個說法，樹蘿一臉狐疑。

這個傢伙竟然選在這個時機多嘴！

「達斯特！那件事——」

我連忙打算堵住達斯特的嘴，但是艾莉卡和莉亞似乎想到了什麼，在一旁抓住我的肩膀妨礙我。

「啊、哈、哈！你還真是學不乖啊！明明不久之前才剛弄壞劇團的馬車！記得那個時候因為你下的指示，把不知道打從哪裡來的舞者的行李一起炸掉了對吧？然後這次輪到王都的劇場啦。」

「把舞者的行李一起炸掉……該不會……」

平常表情平靜的樹蘿，以冰冷的視線看著我和惠惠。

糟了，這個狀況……

我對惠惠投以求救的眼神，結果她緩緩看向旁邊，拉低了帽子。

「啊！我今天忘記餵點仔吃東西了！和真，我先就此告辭！」

這、這傢伙打算一個人逃跑嗎……！

「不愧是打倒魔王軍幹部的男人，做的事情就是與眾不同……嗯？和真怎麼了，你的臉色很蒼白喔？哎呀，不問這個了！吶吶，幾位正妹。妳們是從哪裡來的？」

唯一搞不清楚狀況的達斯特藉著醉意搭訕了起來。

面對這樣的醉漢，莉亞她們露出毫無情緒的表情。

「……就是你剛才提到的行李被炸掉，不知道打從哪裡來的舞者。」

「……我該不會說了不該說的話吧？啊哈哈哈……啊，我想到還有點事！掰啦！」

終於想通的達斯特冒著冷汗往後退。

仔細一看，阿克婭和達克妮絲也都逃到酒吧的角落！

「…………」

「欸，和真，是你炸毀我們的行李的嗎？我想聽聽你的說法。你可以先跪下嗎？」

「艾莉卡小姐，這麼可怕的表情可就浪費可愛的臉蛋嘍。奇怪……各位，您們是不是很生氣啊？」

就連平常只要說聲可愛就能搞定的艾莉卡，這招今天也不管用了。只見她一臉凶神惡煞地瞪著我。

然後其他兩個人——莉亞和榭蘿也站起來圍住我。

「廢話少說，跪下。」

「是！」

莉亞竟然能夠發出那麼低沉的聲音啊……

「太過分了……虧我還那麼相信你。」

榭蘿帶著隨時會哭出來的表情責備我。

別這樣……這招最教人難受了。

「不是的，這其實是有非常複雜的情況……」

「複雜？像是想要利用我們來賺錢償還自己欠下的債務嗎？」

「不，那個，妳說得沒錯，但是……」

我試圖想出可以說服她們的歪理，卻又覺得無論說什麼都無法逆轉這個狀況。

「和真也是因為欠債才不得已這麼做吧？我們的知名度和人氣獲得提升也是事實，這次就付諸流水吧。」

「艾、艾莉卡……」

「你以為我會這麼說嗎！明明是加害人還裝什麼受害人啊，給我好好反省！」

「非常抱歉————！」

我五體投地跪下認錯……但是三人有如狂風暴雨的咒罵毫不停歇。

「唉……真是的，和真實在是自作自受。來去找個明天就可以出發的任務好了。」

「我完全同意妳。不過像那樣被迫跪在地上，被人用高高在上的態度罵個不停，讓我不禁有點羨慕。」

兩個早就溜走的隊友好像在說什麼，不過我連抱怨的工夫都沒有。

事情怎麼會變成這樣……債務總額都暴增到五億七千萬了！我到底什麼時候才能重獲自由啊！

1

被阿克塞爾之心拋棄之後過了幾天，我在酒吧裡醉得昏天暗地。

「不喝的話誰受得了啊——！債務像滾雪球一樣愈滾愈多，完全沒有減少的跡象！啊啊，不管了，我受夠了——！」

「沒什麼大不了吧，我們一直都在欠債啊。」

「就是說啊。你背負巨額債務也很習慣了吧。」

不知道是否想安慰我，阿克婭和惠惠用輕柔的聲音說出這種荒唐的發言。

「我會負債最主要的原因還不是妳們！喂，妳們說說看啊！我一直以來都是因為哪些事淪落到負債的窘境，妳們說說看啊！」

我激動地拍桌質問她們，她們便別開視線，不發一語。

「汝好像很慘啊。」

「辛苦你了，和真先生。」

聽見同情我的聲音，我轉過頭去——只見戴著面具的惡魔巴尼爾和魔道具店的老闆維茲也來了。

巴尼爾和維茲原本是魔王軍的幹部。現在在阿克塞爾一起經營魔道具店。其實可能比魔王更強（自稱）的千里眼惡魔巴尼爾，以及看起來像個溫吞系美女卻是不死者之王巫妖的維茲。

……他們為什麼要在菜鳥冒險者的城鎮做生意啊。他們兩個那麼有實力，能夠輕鬆賺錢的方法應該要多少有多少吧。

「你們兩個會一起出現在酒吧還真是難得。」

「哼哈哈哈哈，吾表示要找小鬼，小混混冒險者便告知汝在這裡。」

「我是順便來散步的。」

小混混冒險者是指達斯特吧。這麼說來，他直到剛才都和我一樣在酒吧裡買醉。

「巴尼爾，你找我有什麼事？」

先點了一杯唰唰給看見巴尼爾的瞬間就打算找碴的阿克婭，讓她安分下來之後，我提出最直接的疑問。

於是他露出隔著面具也看得出來的疑惑表情看著我說道：

「汝在說什麼啊，這位客人。之前汝大量下單，由吾等製作的那些什麼偶像周邊商品的付款日期，汝該不會忘記是什麼時候了吧？」

「好久沒接到那麼大筆的訂單，我還被逼著工作了三天三夜都沒休息呢。那些東西賣得好嗎？」

……我完全忘記了。

喂喂，這下要怎麼辦啊！別說貨款了，我這邊的收支完全是負的！

「收到這筆貨款之後，就暫時准許汝一天吃兩餐，還可以有配菜好了。」

「真的嗎！終於可以脫離每天只吃一個乾巴巴的麵包的生活了嗎！」

她之前都吃得那麼寒酸啊。至少每餐都要有配菜吧。不對，現在不是同情她的時候。比起維茲吃得好不好，現在更重要的是我的人身安全。

正當我思索著要如何迴避這個困境時，忽然響起「砰！」的一聲巨響，有人用力推開酒吧的門。

「不、不好了！有個叫什麼查理的奇怪男人在劇場裡作亂，舞者她們……！」

驚慌失措地衝進店裡的青年大聲求救。

「該不會是你們提過的變態吧！莉亞她們有危險了！」

阿克婭一口氣乾了唰唰，猛然站起身來。

查理？這麼說來好像在哪裡聽過這個名字……不對，更重要的是，這是逃離巴尼爾討債的好機會！

「唔，晚點再來想這些事。我們快點過去！」

我帶著提到貨款之後就裝作不認識的隊友衝出酒吧。

2

推開劇場入口匆忙逃竄的人們衝了進去之後，可以看見阿克塞爾之心和一名似曾相識的男人展開對峙。

果然在哪裡看過那個壯碩的體格……查理……啊啊，是那個傢伙！

「你、你再靠過來的話，我就要使出壓箱底的魔法嘍？請不要過來，巨魔先生！」

「不要叫我巨魔，我有查理這個名字！放輕鬆點叫我查理就好，小榭蘿！」

「你為什麼每次都要來啊！果然是因為我太可愛了嗎？神啊……果然是太可愛的我的錯嗎！」

「妳是哪根蔥啊。我看不到小榭蘿了，滾開。」

「這傢伙是什麼東西啊！氣死我了——！」

不被放在眼裡的艾莉卡氣得直跺腳。

從這個傢伙的說法來判斷，應該是主推樹蘿吧。

最麻煩的客人就是實力強大卻不用在正道的奧客了。

「感覺情況沒有想像中那麼緊急嘛。看起來還挺悠哉的。」

正如阿克婭所說，她們少了點緊張感。話雖如此，這也不是可以置之不理的情況。

「莉亞、樹蘿、艾莉卡！妳們還好嗎！」

「和真！還有各位也來了……」

莉亞好像稍微放心了一些，露出放鬆的表情看過來。

「看來好像趕上了。妳們沒事就好。」

「這傢伙是我們在王都對付過的巨魔對吧！」

我指向查理，牠便露出不懷好意的笑容。

「哎呀，和真認識牠嗎？」

對了，阿克婭是第一次見到牠。

「當時都是因為你毀了我重要的舞者計畫！害得我欠了更多錢！看你要怎麼賠我！這筆帳一定要好好跟你算清楚，做好覺悟吧！」

「該有覺悟的人是你。我要綁架舞者回去……丹尼爾大人的命令是絕對的——！唔喔喔喔喔喔……！」

查理的膚色隨著咆哮聲開始變綠，身體也逐漸變大——

「咦，丹尼爾先生？你剛才提到丹尼爾先生嗎？該不會——」

咦，維茲也跟來了嗎！巴尼爾……好像不在。

「妳在發什麼呆啊，維茲！牠要來了！」

「咕喔喔喔喔喔喔喔喔喔喔喔！我要帶走小榭蘿她們！」

我和達克妮絲擋在查理前面，舉起武器。

「這位客人，本店禁止觸摸！繼續騷擾她們的話……就要強制請你出去了！」

「虛弱的人類辦得到的話就試試看啊！」

奧客巨魔不改強勢的態度。

上次是攻其不備，讓榭蘿使盡全力的一拳重創牠的胯下，好不容易才打倒了牠，同樣的方法第二次應該就不管用了吧。

對方似乎也想起那次的經驗，只見他一邊提防榭蘿，一邊用左手護住重要部位。

我不認為自己的劍和弓箭能夠貫穿那身肥厚的脂肪。若是要一擊必殺的話，交給惠惠當然是最好的辦法，但是——

我瞄了旁邊一眼，看向身旁眼睛閃閃發亮，呼吸急促的魔法師。

「可以出招嗎！我可以使出爆裂魔法吧！」

「當然不可以啊！妳在劇場使用那種魔法試試看，不但所有人都會遭到波及，還會增加債務！」

話雖如此，考慮到巨魔的耐力，使用破壞力強大的招式一招擊倒才是上策。

「好，這樣的話就是正面進攻……交給妳了，維茲。」

「咦，我嗎！這個時候應該是由和真先生搭救你們的朋友才對吧？」

「沒關係啦，戰鬥不是看內容，重要的是結果。能夠在沒人受傷的狀態下讓大家順利回家才是最好的。還有，麻煩儘可能不要破壞劇場！」

「好、好喔。我儘量。」

我用力低頭拜託她，她就在現場氣氛的影響之下答應了。

以強勢的態度加以遊說，這招對維茲最管用了。

「怎麼，你不打啊。居然躲在那種老女人的屁股後面。這樣還不如追著像小樹蘿她們那種水嫩小女孩的屁股後面跑比較好吧。」

「你……剛剛說什麼？」

「……維茲，小姐？」

我感覺到低著頭，肩膀不住顫抖的維茲身上散發強烈的殺氣，於是悄悄拉開距離。

「既然要追的話，還是追年輕又可愛，像小樹蘿那樣的女孩最好。既老土又包緊緊，欠缺滋潤的女人——」

「『Cursed lightning』！」

查理的話還沒說完，已經被維茲發出的藍白色雷擊貫穿了。

「嗚嘎啊啊啊啊啊啊！」

查理渾身劇烈痙攣，單膝跪地，手中的武器也掉落在地。

表面被電到焦黑的身體，散發香噴噴的烤肉味。

「唔……身為巨魔菁英的本大爺竟然！這次我就先撤退，不過你們可不要以為這樣就贏了喔！今天的事，我一定會向丹尼爾大人告狀的！」

「你說的丹尼爾，是巨魔領主丹尼爾先生嗎！」

聽到維茲的問題，查理停下動作。

「怎麼，妳知道啊……沒錯，就是那位丹尼爾大人！要是丹尼爾大人生氣了，你們可別想全身而退！」

最後不忘放話的查理撞破劇場的牆壁逃走了。

那個混帳，沒事不要到處破壞好嗎！這下又要多欠一筆了！

「被牠逃走了……那麼大的塊頭，動作卻相當敏捷呢。話說回來……維茲該不會見過那個巨魔吧？」

維茲偏著頭好像在思考什麼，於是惠惠提出疑問。

正好，這個問題我也想問。

「不是的，惠惠小姐。我不認識那位巨魔先生，不過牠剛才提到的『丹尼爾先生』是我的舊識……」

「又來了，妳真是學不乖！這次也和可恨的敵人在背地裡有所掛勾是吧！」

話才說到一半，阿克婭又開始找維茲麻煩了。

「您、您誤會了，阿克婭大人！這已經是過去的事，現在的我早就——」

「哼！死到臨頭還嘴硬，這個通敵巫妖！今天我一定要澈底把妳淨化，妳覺悟——」

「住手，事情都談不下去了。」

我在只會礙事，完全派不上用場的阿克婭頭上輕輕敲了一下。

「好痛——喔……和真打人……」

「所以那個叫丹尼爾的傢伙是什麼來頭？既然是那隻巨魔的老大，應該沒什麼了不起的吧……」

「並不是這樣的。丹尼爾先生過去曾加入魔王軍，聽說實力從當時就相當強大。」

「妳、妳說魔王軍！」

又跟魔王軍有關。我還以為只是個單純的奧客巨魔。

「是的。由於丹尼爾先生的實力強大，甚至好幾次討論要讓牠成為新幹部。」

魔王軍幹部等級的實力……？喂喂，要對付那樣的對手太危險了吧！

「為什麼那傢伙會盯上我們……？而且好像特別針對榭蘿。」

莉亞會有疑問也很正常。她們應該沒有任何會被魔王軍幹部盯上的頭緒吧。

「也不是特別針對我。查理先生說要把我們三個都帶到城堡去喔？」

魔王軍的儲備幹部盯上阿克塞爾之心？

雖然不太清楚這是怎麼回事，不過怎麼想都覺得會很麻煩。

「放心吧！就算那個叫丹尼爾的傢伙真的來了，大家也會合力擊退牠的。對吧，和真？」

「妳們自己好好加油吧！辛苦了，我先走一步！」

「等一下，你幹嘛突然想開溜啊！」

不想再被牽扯進去的我轉身想要逃離劇場，結果被艾莉卡抓住後領。

「妳在說什麼啊，我只是區區的冒險者耶——而且即使精神與妳們同在，我們現在也是已經分道揚鑣了吧——」

我不斷掙扎試圖逃離她的魔掌，結果就連莉亞和榭蘿也圍了上來。

「……那個叫什麼丹尼爾的巨魔現在已經不是魔王軍了吧？如果牠的實力有妳說的那麼堅強，這又是為什麼呢？」

惠惠，妳有空問那種問題，不如快來救我。

「丹尼爾先生的實力確實非常堅強，不過對於舞者的喜愛更是無人能及……」

「……嗯嗯？」

我覺得好像聽到什麼出乎意料的消息。

「比起工作，牠更熱衷於到處去看舞者，經常不管魔王大人的命令。因為實在太過誇張，最後遭到魔王軍除名——」

「結果只是個偶像宅喔！」

感覺一切的一切都比剛才的巨魔還要麻煩。

無論實力還是奧客程度都是。

「魔王軍幹部級的強者。甚至還有實力不凡的部下……真是麻煩的粉絲呢。這也是因為我太可愛所致吧！啊啊，都怪我可愛到連魔王軍的儲備幹部都為我癡迷！」

艾莉卡的危機意識太薄弱了吧。姑且提醒她們一下好了。

「不要把事情看得太樂觀，要好好提防喔？而且妳們也是冒險者，自己的安危要靠自己守護。」

「咦……和真先生不會保護我們嗎？明明是我們的製作人……」

少來了，槲蘿。用那種有如被丟掉的小狗的眼神看著我也沒有用。

現在的我不是製作人！因為妳們把我炒了！

「那是以前的工作！我忙著還債，沒時間理妳們！」

「沒有工作方面的往來就這麼冷漠……不愧是垃圾真先生。」

「不准說我是垃圾，這樣聽起來很傷人。」

對付魔王軍的儲備幹部，有幾條命都不夠。現在必須先設法清完眼前的債務才行！

3

我待在老地方的酒吧裡，和平常一樣一邊趴在排滿空酒杯的桌上一邊流淚——

「夠了……我受不了了……」

「你要怨天尤人到什麼時候？雖然我能體會因為債務暴增提不起幹勁的心情。」

「不只是這樣，現在連原本是魔王軍幹部級的強者都與我們為敵嘍？啊啊，這個世界沒有神嗎……」

「哎呀，你在叫我這個女神嗎？」

阿克婭擺出一副得意的模樣。

我看了她的臉一眼，然後重重嘆口氣。

「對喔……這裡沒有神也沒有女神，只有廢柴女神。」

「啊——！你又說我是廢柴女神！我就來證明我到底是不是廢柴女神——」

我捏住在我耳邊吵個沒完的阿克婭的臉頰，左右一拉。

「好痛、好痛、快住手。」

意外地可以拉很長呢。

「你們冷靜一點，敵人非常強大，現在可不是起內鬨的時候。丹尼爾是實力足以成為魔王軍儲備幹部的強者……身為十字騎士，我有義務挺身保護大家。如果對方想擄走莉亞她們的話，我就代替她們被擄走好了。然後被帶到城堡裡的我會被剝去鎧甲，變成不能見人的模樣——」

達克妮絲說出自己的妄想，不停扭來扭去。

「唔……我不想去！雖然不想去，但這也無可奈何！」

「哈——哈、哈、哈！無論是魔王軍的儲備幹部還是什麼的，吾之爆裂魔法都能夠加以擊退！」

我的身邊就沒有一個正常人嗎……

啊，不過話又說回來，反正牠們的目的是阿克塞爾之心。

我已經和她們沒有瓜葛，只要別隨便插手，應該就不會被捲進麻煩當中吧。

沒錯，只要就這樣當個旁觀者，就可以保障自己的安全。

「嘿，你們幾個還是一樣吵鬧呢。」

正當我抱頭沉吟之時，傳來更麻煩的傢伙的聲音。

「哎呀，這不是達斯特和琳恩嗎？」

聽到阿克婭開口，我抬起頭來，眼前的是小混混冒險者達斯特，還有他的小隊裡唯一的女性成員，魔法師琳恩。

「拜託不要連你都來給我添麻煩。琳恩也要管好達斯特。」

「我什麼都還沒說！怎麼了，你看起來心情不太好。反正大概是又闖了什麼禍吧？」

「少來煩我。閃邊去。」

我正眼都沒瞧達斯特一下就想趕走他，但是他毫不介意地在我身邊坐下。

「怎麼，被我說中了嗎？哈哈，所以臉才那麼臭吧。不過心情再怎麼不好，聽到我帶來的消息也會打起精神喔？」

這個傢伙帶來的好消息，不是另有隱情就是保證失敗。聽了也是白搭。

「很遺憾，我現在腦袋裡裝滿需要思考的事，沒那麼容易打起精神——」

「只要知道不久後就可以盡情觀賞美女們的性感軀體，是個男人都會打起精神吧。」

我迅速抬起頭來，露出真摯的表情注視朋友的臉。

「……達斯特。你再說得更詳細一點。」

「貝爾澤格王國主辦的『舞者競賽』？」

聽聞詳情之後，我忍不住在桌上探出身體。

「沒錯，決定這個國家最棒舞者團體的比賽……為了紀念這個活動第一百次舉行，好像會辦得比以往還要盛大喔。」

達斯特的片面之詞完全不可信，所以我為了確認看向琳恩，只見她用力點了一下頭。

「而且還有埃爾羅得提供的特別贊助。包括簽約金之類的林林總總加起來，聽說獎金總額有十億艾莉絲喔？」

「十——」

「「「十億艾莉絲！」」」

阿克婭等人放聲大喊，蓋過我驚訝的聲音。

「因為報名的人太多，好像要在王都決賽之前先在阿克塞爾辦預賽的樣子。就拿可愛女孩的舞蹈當下酒菜喝個盡興——」

「就是這個……」

「嗯？你說什麼嗎？」

「就是這個————！這次真的是僅此一次的起死回生大好機會！」

我非得掌握這次幸運，還清債務才行！

我高舉拳頭發出喜悅的吶喊，阿克婭等人看向我的眼神卻隱約有點冰冷。

要是我一舉成功，才不會分一艾莉絲給妳們！

「呼哈哈哈哈！幹勁突然湧現！十億艾莉絲就由阿克塞爾之心和本大爺收下！」

「阿克塞爾之心是最近很紅的舞者團體吧？我不知道你和她們有什麼關係，不過我想就算是她們也沒那麼容易得獎喔。光是想通過預賽的機率就已經非常低了。」

琳恩，不要說那種掃興的話嘛。我不想知道那種現實！

「看來門檻很高是吧。太可惜了，和真。」

「……啊！對了！」

難得默不作聲看似在沉思的阿克婭突然拍了一下手，像是想到什麼好主意。

雖然不知道她有什麼點子，不過反正不會是什麼好事。

「對啊，也不需要完全交給莉亞她們啊！」

「什麼意思？」

「身為女神的本小姐參加比賽的話，事情就很簡單了！看我怎麼在預賽和決賽一路贏到底，順利得到十億艾莉絲！不過相對的……還完債之後剩下的錢都是我的喔？」

「喂喂，不好意思在妳說什麼女神的時候提潑冷水，不過報名資格好像僅限三人以上的團體喔？」

聽到達斯特這麼一說，阿克婭依序指向自己、惠惠、達克妮絲。

「這不是剛好嗎！我們三個出賽的話，保證贏定了！」

「身為紅魔族首屈一指的魔法師的我，竟然要參加選美比賽……簡直是世界所選擇的命運！」

「充滿整個劇場的炙熱氣息！評審們上下打量的視線！啊啊，光是想像就讓我渾身發熱……！」

贏定了是吧……一如往常只會耍蠢的廢柴女神，以及腦袋有問題的小蘿莉，還有超級受虐狂十字騎士。我怎麼看都不可能。

「喔——妳們也要參加啊。我原本想說思慮欠周的，不過妳們不說話的時候還是挺美的，說不定有機會喔？」

聽達斯特這麼一說我才想到。

對喔。差點一不小心忘記了，這幾個傢伙只論外表確實不差。可能性……或許不是完全沒有。

「好，那我也順便當妳們三個人的製作人好了！我可是很期待妳們喔！」

「「「是的，製作人！」」」

既然她們這麼有幹勁，最後來個大逆轉也不是沒有可能……話雖如此，這幾個人充其量只是保險。主力還是莉亞她們。

去拜託看看她們願不願意再讓我擔任製作人好了。

妳們等著吧，阿克塞爾之心……這次我一定要靠妳們的力量還清債務，得到自由！

「啊，和真先生又露出壞人臉了。」

為了以萬全之勢應對「舞者競賽」，我意氣風發地快步走向莉亞等人居住的獨棟房屋。

4

阿克塞爾的小劇場。我早已得知莉亞她們會來進行公演前的自主練習。

前幾天，我在前往她們的住處前改變心意，今天一大早待在小劇場裡做一件事——

「這……真的是我們的劇場嗎？」

「太驚人了，裝飾擦得就像新的一樣。連麥克風都這麼閃閃發亮！」

「平常搆不到的燈具後面也是一塵不染。居然變得這麼乾淨，究竟是誰……？」

我躲在舞台側邊觀察她們驚訝的模樣。

只見她們環顧四周，出聲感嘆。差不多是時候了吧。

「呵呵呵……妳們還滿意嗎？」

頭上包著毛巾，手上拿著抹布和水桶。我用這種一看就知道在強調「我一直打掃到剛才」的打扮來到她們面前。

「……莫非是和真打掃的嗎？是什麼風把你吹來的？難不成又有什麼企圖——」

莉亞露出夾雜驚訝與感謝的表情，但是眼神充滿濃濃的懷疑。艾莉卡和榭蘿更是毫不掩飾地對我投以懷疑的視線。

也對，事情怎麼可能那麼容易。不過接下來我要進一步追擊。

「我才沒有什麼企圖！應該說正好相反！請務必讓我為之前的種種冒犯向妳們賠不是……真的非常抱歉！」

我撲往三人的方向，來了一記滑行跪拜禮。

「和、和真先生。何必下跪呢……快把頭抬起來。」

「不做到這種地步我自己無法接受。雖然是另有苦衷，但是我利用妳們來做生意依然是事實……」

我對著看起來最容易心軟的榭蘿，真心誠意地道歉……至少看起來像是那樣。為了加強說服力，我還配合略嫌浮誇的肢體動作，動之以情。

「和真……」

艾莉卡看見我的表現，態度似乎也有所軟化。這樣只能再加把勁了。

「所以這次我是真心想支持妳們以舞者的身分實現夢想。再給我一次機會吧！」

「……把頭抬起來吧。你也不需要再道歉，事情都已經過去了。」

莉亞把手放在我的肩上，露出溫柔的微笑。

「再怎麼說，我們的知名度能夠竄升，都多虧了和真的本事……我也很感謝你喔？」

「覺得重點不在於金錢的，並非只有和真先生。你願意支持我們的夢想嗎？」

受到這番發言所驅使，我緩緩站了起來，擦乾眼淚……當然是假裝的。

很好，上鉤了！

「妳們……這樣的話……！」

「沒錯。今後也要請你多多指教了，製作人。」

我和莉亞、艾莉卡熱情握手，然後在差點要順勢握住榭蘿的手時停下動作。

「好，一起加油吧！」

比我預期的還要順利。

接下來只要能讓莉亞她們在舞者競賽獲得優勝，就可以得到十億獎金！還清債務的途徑就在眼前！

「好了，事不宜遲，我有個提議。妳們要不要參加看看舞者競賽呢？」

「舞者競賽……過一陣子會在阿克塞爾舉辦預賽的那個……？」

「沒錯！得到優勝的話，就可以讓阿克塞爾之心的名字傳遍這個國家！」

聽到我的提議，三人互看一眼。

未來會隨著她們願不願意配合這件事而改變。無論使用何種手段，我都必須讓她們參賽才行。

「沒問題嗎？聽說也有實力相當堅強的團體會參賽……」

「怎麼可以自己先喪氣呢。這可是在王都證明我們最可愛的大好機會……只要能夠站上王都的舞台，肯定……！」

「說、說得也是。艾莉卡說得沒錯。盡我們的全力獻上最棒的表演吧！」

「……我知道了，既然妳們兩個這麼說，我們就盡力而為吧。」

事情進展得太過順利，我反而有點不安。

不過事到如今也不能退縮。只能就這樣往前衝了！

「為了保險起見，我們先確認一下吧。為了參加在王都舉辦的決賽，必須在決定阿克塞爾周邊地區代表的預賽當中勝出。預賽的第一階段甄選是評審口試。第二階段確認體力、第三階段是智力，最終甄選則是表演……原來如此。」

光是阿克塞爾就要經過多達四次篩選啊。雖然有阿克婭她們當保險，不過希望應該很渺茫吧。拜託妳們了，阿克塞爾之心。

5

「各位到場的觀眾，讓各位久等了。賭上舞者競賽參賽權的甄選會即將開始！」

穿著燕尾服的主持人大聲宣布開賽，觀眾席便響起歡呼聲。

比賽當天，聚集在戶外舞台的觀眾及參賽者的人數超乎我的想像。

「好啊，終於等到了——！應該有泳裝甄選的項目吧。」

「聽說女神大人也會出場。我一定要用比任何人都熱情的聲音為女神大人加油！」

心想觀眾席好像有幾個傢伙特別吵，原來是達斯特和御劍。

看來他們一個是為了養眼，一個是因為聽說阿克婭參賽才會過來。

「第一階段甄選為了確認偶像不可或缺的親和力所進行的口頭問答！被叫到的團體請來到評審面前！」

「她們幾個沒問題吧？總覺得連我也開始緊張了……」

我覺得阿克塞爾之心應該沒問題。她們登台過無數次，抗壓性應該很夠。問題在於另外一邊……

最會製造麻煩的阿克婭，視爆裂魔法如命的惠惠。即使是三個人當中最有常識的達克妮絲，那個性癖也是問題。

想到她們可能會做出什麼多餘的事，我就擔心到坐立難安。

儘管心中懷有這樣的不安，比賽還是順利進行，然後終於輪到那幾個傢伙上場。

「呃……接下來是『爆裂女神拉拉蒂娜』的三位。請到評審前方！」

「噗哈！那是什麼名字啊！」

「嗚喔！髒死了！」

我忍不住噴出去的飲料，正好噴在坐在我前面的達斯特後腦杓上。他好像抱怨了些什麼，不過我沒空理他。

「阿克婭，我可沒聽說喔！這個團體名稱是怎麼回事！」

「呵呵，是我取的。不覺得這個名字很響亮嗎？聚集了大家的優點！」

「很棒啊很棒啊！不愧是阿克婭，我非常滿意！」

犯人是阿克婭啊。品味正常的人八成會表達不滿，不過在紅魔族的觀念裡，這似乎沒什麼毛病，惠惠感覺相當滿意。

「那麼要開始發問了。『爆裂女神拉拉蒂娜』的各位，請多多配合！」

「不、不准叫我拉拉蒂娜——！」

拉拉蒂娜滿臉通紅地吶喊——也就是達克妮絲。

「不好意思，可以發問了嗎？請說出妳們參加這次比賽的理由。」

評審一邊摸著下巴的鬍子，一邊拋出固定會問的問題。

「身為貴族出現在這種場合雖然不妥，既然是同伴的請求，我也不好斷然拒絕。」

「沉睡在吾體內的舞蹈才能覺醒之時已到，不過如此罷了。賭上紅魔族的驕傲，一定會掌握民眾的心！」

「參加比賽的理由當然是因為我是女神啊！我不會輸給任何人的！」

「不愧是女神大人！我會一輩子追隨妳！」

現場只有一個觀眾因為聽到阿克婭的自我宣傳之後興奮了起來。真不想被別人知道我認識他，保持距離好了。

「好像有個熱情粉絲呢。妳認識他嗎？」

評審和阿克婭的視線看向御劍。阿克婭瞇起眼睛盯著他，然後偏頭說道：

「不，我不認識他。不過謝謝你的支持！」

「阿克婭大人！」

啊啊——大受打擊的御劍整個人無力癱軟。

「女神加中二病加貴族……這個團體的人設相當特別呢。」

在日本的話，這樣的三人組應該會受到綜藝節目重用吧……當然是被當成怪咖。

「才不是什麼人設！我是說真的！」

「了不起，可以忠實自己的人設到那種地步……對了！妳有什麼女神風格的才藝可以表演嗎？」

「好吧，我就來證明這不是什麼人設。而且難得有這麼盛大的場合……看招！『花鳥風月』！」

她展現了經常表演的宴會才藝，評審開始交頭接耳。

「喔喔！居然噴水製造出彩虹，擄獲觀眾的心……爆裂女神拉拉蒂娜，第一階段甄選及格！」

「能夠及格固然很令人感激……不過這樣的審查沒問題嗎？」

6

參賽者接連上台做自我宣傳。比賽進行得比我原本以為的還要快，已經輪到真正的主力——阿克塞爾之心上場了。

「接下來是最後一組。阿克塞爾之心的各位，請到評審前方！」

「想認識我嗎——？榭蘿榭蘿我是小榭蘿！」

「外表冷酷，內心火熱！看看莉亞的表演來喘口氣吧！」

「全世界的可愛大集合！我是可愛增量百分之一千的艾莉卡——！我們三個人合在一起就是——」

「「「『阿克塞爾之心』——！」」」

經驗果然很重要。一開始自我介紹時還略顯害羞的她們，現在已經可以大大方方地完美呈現了。

「好啊，阿克塞爾之心！今天莉亞也是最棒的！」

「不對，是艾莉卡！可愛度無懈可擊！」

「榭蘿小姐，拜託今天也來一記重拳吧！」

固定粉絲的加油聲此起彼落……也有少數不太正常的粉絲。

不過情況很不錯。觀眾席的反應是目前最熱鬧的一次。

「妳們的人氣真的很旺呢。那個……可以發問了嗎？請說出妳們參加這次比賽的理由。」

「理由是嗎……其實沒有什麼大不了的理由。只是希望讓更多人知道我們的歌聲和舞蹈。如此而已。」

莉亞用她極具穿透力的聲音回答評審的問題。

「簡單明瞭……不過，也因此更顯可貴。」

「還有，想讓大家知道我的可愛。」

「我相信只要看過我們的歌舞，就可以打動大家的心！所以，還請先看一次我們的表演吧！」

榭蘿也練出膽量來了。如果是以前的她，早就緊張到語無倫次了吧。

看著三人的成長，我滿意地不住點頭。

「和真……你這個態度好像她們是你一手帶大似的。」

前方座位的達斯特轉過頭來，不以為然地看著我。

「實際上是拜我的指導所賜沒錯啊。」

她們能夠成長到這個地步，就算說是我的功勞也不為過。

「好純樸的團體啊……無可挑剔，第一階段甄選及格！」

聽到評審表示及格，阿克塞爾之心的三個人笑容滿面地牽起彼此的手，在舞台上不斷蹦蹦跳跳。

7

審查全部結束之後，阿克婭她們和阿克塞爾之心的三個人來到我身邊。

「順利通過第一階段甄選了。」

「還不能鬆懈！比賽才剛開始……不過還是先恭喜妳們一聲吧。」

她們的自我宣傳棒到無懈可擊，但是不能讓她們在這個時候自得意滿。因為這樣會導致疏忽。

「哼哼——我也及格了！都是我這個女神的功勞！」

阿克婭十分得意忘形，不過我不奢望可以控制她們，所以讓她們自由發揮就好。

「高興歸高興，不過現在更重要的是接下來的項目！第二階段甄選是體力，第三階段甄選是智力，之後還有最終甄選……後面的路還很長喔？」

還輪不到我給她們忠告，艾莉卡已經主動開始收心。

「最終甄選是實際表演唱歌跳舞對吧？趁現在來想舞步吧！我的紅魔之血已經開始騷動了！」

「唱歌就交給我吧！我來唱首可以讓哭個不停的小寶寶立刻綻放笑容的歌！」

「難不成……我必須穿著暴露的服裝站上舞台，還得在男人面前扭動身子跳舞嗎……原原、原原、原來是這樣嗎！」

我家那幾個真的一如往常耶。明明連能不能留到最終甄選都還不知道。

不知道她們唱歌跳舞的水準怎麼樣。我的不安自然是比期待還大，繼續保持及格就算賺到的心態好了。

反正站在我的立場，無論是莉亞她們還是阿克婭她們都無所謂。只要能夠獲得優勝賺到十億還清債務就好……！

拜託妳們了。無論如何都要贏到最後！

第二階段甄選已經開始，然而我身邊充滿噪音。

「會贏到最後的是我們，爆裂天使拉拉蒂娜！」

「為了儘可能讓更多的人看見我們的歌舞……我們阿克塞爾之心一定會三個人一起站上王都的舞台！」

阿克婭和莉亞鬥志十足地瞪著彼此……只是她們不在舞台上，而是在觀眾席。

第二階段甄選比的是體力，不過是由每一組派出一名代表，所以其他成員等於事不關己，在一旁加油。

被選為代表的人是達克妮絲和榭蘿。

「哼、哼、哼……仰臥起坐無論幾下都沒問題！」

「不愧是十字騎士，可是我也不會輸！」

兩人都以非比尋常的速度做著仰臥起坐。不僅如此，似乎輕鬆到可以正常交談。

「兩邊都已遠遠超過一千下……速度還是絲毫沒有變慢。她們的體力，實在很難想像和我們一樣是女生。」

「隔著衣服雖然看不出來，不過兩個人都有好幾塊腹肌吧？感覺其實挺硬的。」

「妳、妳們說誰有六塊肌！」

「就是說啊！我也是女生，被說得太過分也是會受傷喔！」

大概是聽到惠惠和艾莉卡的評語，兩人同時開口反駁。

「第二階段甄選的體力競賽也愈來愈精彩……阿克塞爾之心的榭蘿，爆裂女神拉拉蒂娜的達克妮絲。究竟是哪個肌肉棒子會贏呢？」

「「不准叫我們肌肉棒子——！」」

兩個人一起大叫反駁主持人。

8

阿克婭等人的表現出乎意料優異，順利通過第二階段甄選。接著在測試智力的第三階段甄選也是——

「答題者請在五秒以內回答。請問。人稱最強的攻擊魔法——」

「有！」

主持人還沒念完問題，惠惠已經筆直舉起手。

「喔喔，好快。爆裂女神拉拉蒂娜，請回答！」

「問吾這種問題愚蠢至極！在比黑更黑比暗更暗的漆黑之中冀望吾之深紅混淆——」

「喪失答題權，時間超過了。」

「你說什麼！」

唉——誰讓她要浪費時間在回答之前說那麼一長串。

「我再念一次問題……既是最強的攻擊魔法，也被稱為搞笑魔法的魔法是什麼？」

「呃……爆裂魔法！」

「答對了！阿克塞爾之心加十分！」

艾莉卡坐收漁翁之利。

「答錯了！爆裂魔法才不是什麼搞笑魔法！不然我在這裡證明給妳們看好了！」

對於這個答案明顯感到不滿的惠惠拿出法杖，開始詠唱。

「糟糕，是那個腦袋有問題的爆裂女孩！快點制止她！」

評審們似乎只把惠惠的發言當成表現人設的一環，但是觀眾席上的阿克塞爾居民全都撲了上去，搶走她的法杖。

「你們叫誰腦袋有問題的爆裂女孩啊！住、住手——！把法杖還給我！」

「居然有那麼多熱情粉絲圍上去，看來她的人氣意外挺高的……可是論可愛的話我絕對不會輸！」

感到佩服的艾莉卡為此燃起鬥志。這完全是誤會一場，不過可以讓她更有幹勁的話，就先不管了。

看著不斷引發騷動卻還是備受矚目的阿克婭等人，我心中原本還有些許的期待，覺得她們說不定真的有機會優勝。不過——

「晉級最終甄選的最後一組是……阿克塞爾之心————！」

「我們晉級最終甄選了……！」

「那當然，誰叫我這麼可愛。啊啊，可愛真是一種罪過！」

「我們要連不幸遭到淘汰的阿克婭小姐她們的份一起努力。」

——最後還是得到這個理所當然的結果。不意外。

「為什麼！為什麼會被淘汰啊！」

「冷靜一點，阿克婭。我們原本就沒有身為舞者的經驗，能夠晉級到這裡已經算是大有斬獲了吧。」

「就是說啊。雖然我們被淘汰不太能讓人服氣。」

惠惠和達克妮絲安撫著鬧脾氣的阿克婭。

……我覺得這是很正常的結果。應該說妳們已經表現得很好了。

好，我得轉換一下想法。接下來只剩下莉亞她們！

「拿出自信來。妳們是我所知道最棒的舞者！為了實現各自的夢想，一定要爭取到晉級決賽的機會！」

「謝、謝謝製作人。我會好好加油的！為了晉級決賽，並且有朝一日可以克服男性恐懼症！」

「我是為了站上王都的舞台……讓爸爸媽媽認出可愛的我！」

「我、我……」

相較於幹勁十足的榭蘿與艾莉卡，莉亞的舉止顯得有些不知所措。

「這麼說來，我還不知道莉亞當舞者的理由呢。妳們兩個知道嗎？」

「莉亞當舞者的理由……？」

「這個問題我連想都沒想過。」

就連相處了那麼久的兩人都不知道啊。

「……我會當舞者的理由……是因為阿克塞爾之心給了沒有記憶的我一個棲身之地。而且——」

「最終甄選即將開始。及格的各個團體請到舞台後方的休息室集合。」

「呃，時間到了嗎……趕快過去吧。莉亞想說的話之後再好好聽妳說，我等妳。」

莉亞說自己沒有記憶，還有動機的後續都讓我相當好奇，不過現在必須讓她專注在比賽上才行。

「……也對，有話等到最終甄選之後再說。我們一定會晉級決賽的。」

「好，可別輸了！」

9

阿克塞爾用盡全力演出她們的歌舞之後，所有團體的表演都已經結束。最終甄選只剩下發表結果的環節。

「我們已經把能做的都做了吧……？」

「觀眾們的反應看起來也很熱烈，不知道會怎樣……？」

留到最終甄選的所有人在舞台上排排站，露出緊張的神情等待結果。

待在觀眾席的我已經幫不上任何忙。事到如今只能祈禱了！拜託！

「經過公正的審查，結果已經出爐。我們請評審發表優勝者吧！」

舞台上的阿克塞爾之心和我們一起注視評審。

不知道誰吞了口水，喉嚨響了一下。

「那麼我要發表結果了。在舞者競賽的阿克塞爾預賽當中勝出，並且獲得決賽出場資格的是——」

別賣關子了，快點說！

莉亞她們已經緊張到臉色發白。

「阿克塞爾之心的三位——！」

「……唔！」

面面相覷的三人似乎有話想說，卻因為太過高興而說不出話來。

她們只是默默擁抱彼此。

很好很好，可以參加決賽！終於離十億艾莉絲又接近了一步……目標是還清債務！

阿克婭她們也開心得像是自己獲勝一般。

歡呼聲已經平息，會場開始恢復平靜，這時傳來一個說話聲。

「哎呀，正好結束啦。來得更早一點的話，應該可以看到更多舞者吧。」

是個莫名沉穩的男聲。同時還有另外一個聲音——

「嗯？這個說話聲是怎麼回事？還有這個振翅聲，是從哪裡傳來的？」

「是上面！飛在空中的那個是……鳥嗎？」

「不對，是飛龍！背上還載了一個人！」

同伴的聲音促使我抬頭一看，看見一隻飛龍停在空中。

然後飛龍背上還坐著一個穿著高雅，看似紳士的男人。

「呼、呼，是莉亞本尊……！現場的莉亞大腿還是那麼耀眼，真想貼上去好好地磨磨蹭蹭！」

他說出自己的欲望，帶著恍惚的表情盯著莉亞不放。

這個傢伙看似紳士，結果竟然是變態紳士！

「大腿？磨磨蹭蹭？他在說什麼啊……！」

「啊……抱歉，恕我失態，忍不住就興奮了起來。不好意思，沒有立刻自我介紹，我叫丹尼爾。」

我好像聽過這個名字……莫非是那個丹尼爾！維茲提過的那個待過魔王軍，還成了儲備幹部的傢伙！

「丹尼爾……是那個闖到握手會搗亂的巨魔的老大吧。你來這裡到底想做什麼！」

莉亞氣勢十足地指著上空開口，不過大概是害怕對方的變態表現吧，其實現正躲在榭蘿背後。

「對粉絲說那種話太過分了吧……不過我並不討厭。不愧是我推的莉亞。」

這個變態紳士……真的是實力如此強大的敵人嗎……？

「莉亞推……那個叫什麼查理的巨魔是榭蘿推……為什麼沒人推最可愛的我啊！」

「就算妳這麼說——」

艾莉卡為了這種離題的事情勃然大怒，對著丹尼爾破口大罵。

「啊——我今天來這裡的目的，是想邀請包含我推的莉亞在內的阿克塞爾之心到我的城堡作客。」

「說什麼邀請，我們怎麼可能去啊！你手下的巨魔把我們在王都的巡演搞得亂七八糟，這筆帳都還沒算呢！」

艾莉卡說得沒錯。沒有人會笨到被這種變態邀請還傻傻地跟去。

「……這樣啊，太遺憾了。我原本不想動粗的——」

丹尼爾從飛龍的背上跳下來，毫不費力地降落在地面。

然後拋開頭上的帽子，上半身向後仰。

「唔喔喔喔喔……喔喔喔——！」

「吵死人了，該不會這個傢伙也想變身吧？啊——討厭討厭。又要變成那個醜陋的樣子了。」

阿克婭，妳要再緊張一點。

那個榭蘿推巨魔已經夠麻煩了，這傢伙還是牠的老大。如果原本是魔王軍儲備幹部這件事屬實，牠的力量——

丹尼爾的身體逐漸膨脹。強韌的肉體脹破衣服暴露在外。

火紅的眼睛，銳利的尖牙。一眼就能看出這傢伙是個強敵！

「我已經幾年沒有現出這個模樣了……你們好好體會巨魔領主的力量吧！」

「巨、巨魔領主！」

惠惠驚訝得瞪大眼睛，難道巨魔領主有那麼厲害嗎！

「好了，和我一起走吧……阿克塞爾之心的舞者們！」

「噫、噫…………！」

三人靠在一起發抖。

外表如此凶惡的怪物說出那種話，她們會害怕也是理所當然。

「住手！不准你動她們幾個！」

「和真……！如果你沒有躲起來的話就帥氣多了。」

達克妮絲已經衝到丹尼爾前面，而我則是躲在她後面大聲嚷嚷。

「她們幾個是我的搖錢……我是說同伴！哪能隨便交給你！」

「……和真，你剛才是說搖錢樹嗎？」

聽力靈敏的阿克婭沒好氣地看著我。

「我沒說。大家上！保護莉亞她們！」

「防禦交給我吧！看看那張看起來凶惡又好色的臉！再加上剛才的危險變態發言。啊啊，一想到牠的欲望會衝著我來……我就受不了了！」

喔——瞧她站在前面還露出那麼棒的笑容。要比變態的話，我們也不會輸。

「喔喔，妳的外貌也相當不錯……不過距離我的喜好差得遠了。我追求的舞者要兼具健全與健康美。像妳那種過度性感的肉體完全不考慮。」

「唔，明明被罵了一頓卻有感覺，我真痛恨自己的體質！」

「聽好了，胸部和臀部不是大就好——」

丹尼爾開始暢談理想中的舞者形象。

「不對，胸部和臀部的大小也很重要吧？」

有個人在丹尼爾講得正起勁時插嘴——是達斯特！

這麼說來，他確實在場……

「就算你那麼說，面前要是有波霸的話，還是會忍不住看過去吧？」

「話是這麼說沒錯，不過大腿比胸部更吸引我。」

「啊——纖細的美腿確實也很不錯。我懂，我懂你的喜好。不過你想像一下，每走一步就會跟著晃來晃去的胸部，還有像是在引誘男人的臀部。」

「嗯嗯嗯，我無法否定你的說法。然而——」

他們兩個……竟然一邊開打一邊聊天。

雖然內容讓人聽不下去，不過現在我想爭取時間，所以就少管閒事不去打擾他們。

儘管言行很變態，確實是個相當棘手的強敵。如果御劍在場應該要推給他處理才對，但是他居然先走了。那個傢伙在緊要關頭總是派不上用場！

其他可以打倒牠的方法，我只想到一個。

「惠惠，拜託妳準備爆裂。」

「可以用嗎！」

雖然身在室外，但是在鎮上的廣場使用爆裂魔法還是會有問題。不過我已經想好要怎麼解決。

「可以，不用管那麼多。周圍的所有損失全部推給丹尼爾就對了！」

目前多虧有達克妮絲獨自接下防守的工作，同伴們才可以專心在攻擊上，雖然讓丹尼爾累積了不少傷害，但是還無法致命。

略居劣勢的我們從室外舞台一點一點後退，不過總算還是設法撐住。

「唔，真有點本事……不過我可不會因為這點程度的攻擊而倒下！」

「怎麼辦啊，和真先生？這個傢伙相當強耶……」

阿克婭顯得不知所措。

如果是對付不死怪物，阿克婭的魔法相當管用，但是對付巨魔時就只能負責支援。

「不愧是曾經的魔王軍儲備幹部。雖然長相一點也不可愛……」

「還有鬼畜度也不夠……既然是魔王軍，就應該剝光我的甲冑之類的羞辱我啊！」

「長相和鬼畜都不是重點！我馬上就讓妳們沒辦法開那種玩笑……」

面對艾莉卡和達克妮絲無關緊要的指責，丹尼爾吼了回去。

……差不多是可以出招的時候了吧。幸好牠配合我們拖延時間的舉動！

「沒辦法開玩笑的是你才對！」

「……嗯？這股高漲的魔力是怎麼回事？」

「在比黑更黑比暗更暗的漆黑之中，冀望吾之深紅混淆——」

「什麼，這是……！」

隨著惠惠詠唱咒文，龐大的魔力逐漸聚集在法杖前端。

看見這一幕的丹尼爾，表情因為驚愕而扭曲。

一邊引導觀眾避難，一邊佯裝苦戰將牠引誘到城鎮外面。完全依照計畫發展！

這裡就不需要擔心爆裂魔法造成的損失。

「很好——！轟下去，惠惠！」

「我要出招了……貫穿吧！『Explosion』——！」

脫手而出的龐大魔力直接命中丹尼爾。

「嗚喔喔喔喔喔……！」

雖然聽得見低吼聲，不過也只有一瞬間。以丹尼爾為中心竄起了火柱，巨響與熱氣迎面而來，同時冒出黑煙——

「呼，太棒了……好個爆裂。」

「咳、咳……幹得好，惠惠。我等一下再扶妳，妳先躺一下。大家沒受傷吧？」

阿克婭和達克妮絲都很習慣了，所以我不擔心，問題在於第一次體驗爆裂魔法的阿克塞爾之心。

「還好，總算是沒事……」

「巨魔居然一次又一次像禽獸一樣襲擊我們。啊啊，太過可愛果然是種罪過……」

「謝謝你，和真。這都是你的功勞。」

拍了拍被飛揚的塵土弄髒的衣服，三人露出笑容。

「能夠打倒丹尼爾，也要歸功於妳們的協助吧？」

「不只有這件事。通過預賽、身為舞者有所成長、能夠加深同伴之間的情誼……遇見和真之後發生了許許多多的事，我真的很感謝你。」

雖然完全是為了私人利益的關係，不過被她這樣一臉認真地感謝，我還是很害臊。

「畢竟我是製作人嘛。不用向我道謝，只要在舞者競賽的決賽當中獲得優勝就好……這才是最棒的報恩方式。我很期待妳們喔，阿克塞爾之心！」

「「「是，製作人！」」」

三人以認真的眼神與正經的表情回應。

「哼哼哼哼哼……剛才那招真是相當強大的一擊啊。」

原本還以為這樣便萬事解決就此畫下句點，但是在塵埃落定之後，我看見了不想看見的東西。

在爆裂魔法的正中央，丹尼爾緩緩起身。

身上的裝備都被炸飛，處於渾身是傷的半裸狀態，但是沒有被打倒。

「那個傢伙正面挨了爆裂魔法竟然還活著……！」

「大家退下！野獸在受傷之後會更難對付……這才是我該應付的對手！」

衝上前去的達克妮絲與丹尼爾展開對峙。

歡欣鼓舞的心情瞬間冷卻。用了一天只能用一次的爆裂魔法卻沒能打倒牠，實在是一大損失。

我方沒了殺招。敵方雖然有傷在身，但是我們的攻擊能夠突破丹尼爾的防禦力嗎？

「快點說些『沒想到對付區區人類居然得用上這一招！』這種煞有其事的台詞然後把你

的絕招用出來！儘管粉碎我的鎧甲，在眾目睽睽之下侮辱我吧！」

精神沒有被擊潰是很了不起，但是以挑釁台詞來說可是非常差勁喔，達克妮絲。

「在這種緊要關頭還有氣勢可以放話，真不愧是十字騎士……不過妳的意圖太明顯了，這是為了掩護疲憊不堪的同伴，想讓我集中攻擊妳吧？」

「……唔！」

達克妮絲默默別開視線。

幸好牠擅自過度解讀。那純粹只是個人性癖。

不過也因為如此，牠的視線直盯離我們有段距離的達克妮絲身上。

「妳堅定的信念值得感嘆。那就如妳所願使出絕招——我雖然想這麼說，但是我的目的並非打倒妳們。」

——事情果然沒有這麼順利。丹尼爾沒有理會達克妮絲，重新面向莉亞。

「別……別過來！」

「我就依照原本的目的，帶走可愛的舞者們吧！然後妳們要在城堡裡為我呈現專屬於我的表演喔？」

丹尼爾大步走向阿克塞爾之心。

這時有個人自信十足地站了出來——是阿克婭。

「大家退後。我來給這個傢伙一點顏色瞧瞧吧。乘載著女神的憤怒與悲傷的必殺拳，神光——」

「『Bind』——！」

來自牠手中的繩索纏上阿克塞爾之心。

這個傢伙，明明是巨魔卻會使用拘束技能嗎！

「這、這是什麼……繩子？」

「像這樣被緊緊綁住，讓我想起和莉亞妳們第一次出任務的時候。」

「現在不是平心靜氣的時候吧——！」

位於莉亞附近的阿克婭也被繩子綁住了。

相對的，榭蘿和艾莉卡似乎逃過繩索的拘束。

「哎呀哎呀？我明明是瞄準舞者的……結果多抓到一個怪人。好吧，反正有我最推的莉亞，所以先這樣吧。我們走，飛龍！」

「等、等一下！這和我無關吧！放開我！」

「呀啊啊啊！」

丹尼爾恭敬有禮地扛起莉亞，阿克婭則是像行李一樣拎起來。

兩人都不停扭動試圖逃跑，只是不但被繩索綁住，再加上力氣也和對方有一段差距，終究還是抵抗未果被帶走了。

「莉亞！」

「莉亞……！」

看著被帶走的莉亞，榭蘿和艾莉卡都放聲哀號。

「可惡……丹尼爾！放開莉亞！」

「等一下！還有我吧——！」

我聽見一個多餘的聲音，但是現在沒空理會。

「總之我今天只帶走莉亞。榭蘿和艾莉卡擇日再來……」

「不准走！阿克婭也就算了，把莉亞還來！」

「我呢！我是重要的同伴吧！」

我的真心話惹來阿克婭的指責。

「莉亞可是有在舞者競賽的決賽獲得優勝的重責大任！妳在不在都沒差吧！」

「等等，和真先生！你在說什麼啊！」

「……道別過了嗎？那麼各位，後會有期。」

飛龍振翅離去，莉亞和順便被帶走的阿克婭愈變愈小。

「榭蘿！艾莉卡！」

「「莉亞——！」」

兩人衝了出去，但是手搆不著天空，只有距離逐漸拉大。

「和——真——先——生——！」

像是在嘲笑眾人擔憂的心情一般，飛龍帶著莉亞和阿克婭消失在雲的彼端——

第四章

1

舞者競賽的阿克塞爾預賽進行到最終甄選的途中。

距離阿克婭與莉亞被丹尼爾抓走已經過了三天——

「啊啊……復活了——」

在露天溫泉朝天仰望，只見沒有一絲雲朵的藍天。

我感到疲憊的身心逐漸獲得治癒。

「那個——和真——？我們來泡溫泉真的沒關係嗎——？」

分隔男女的圍牆另一頭，傳來了惠惠的聲音。

「這也沒辦法啊——雖然她們被抓走是很可憐，但是我們又不知道她們在哪裡。」

「在我們悠哉享受之時，阿克婭與莉亞會被那些巨魔扒個精光……唔！」

「達克妮絲，泡溫泉太興奮會頭暈喔。」

「她、她們兩個要對付滿是贅肉的龐大巨魔？實在太令人羨……不，實在是太殘酷的遭遇了！我也、我也想……嗯——咕嚕咕嚕咕嚕……」

「啊啊啊啊啊！和真！達克妮絲泡昏頭了！」

女湯傳來一陣騷亂。

要是被帶走的不是莉亞而是達克妮絲，對她來說反而是獎賞吧。

2

「嗚嗚，我的頭還在暈……」

「我不就跟妳說了會頭暈嗎？」

在溫泉的休息室裡，惠惠正在替放鬆下來的達克妮絲搧風。

「感覺你們看起來比想像中還要從容耶。」

一道聲音突然響起，我連忙轉過頭，發現說話的人是臉頰上有著小刀傷的銀髮美少女——克莉絲。

「我還以為是誰，原來是克莉絲啊。」

「你的態度還真冷淡。虧我還帶了那件事的情報來給你們。」

如此說道的克莉絲雙手抱胸，露出充滿自信的微笑。

「妳說的情報是——」

「嗯。就是和真拜託我去找莉亞和阿克婭的委託。我找到她們兩人的所在處了。」

「真的嗎！說得仔細一點！」

我完全沒想到她會這麼快便找到她們在哪裡，真不愧是克莉絲，不僅是身手了得的盜賊，就連收集情報的能力也很厲害。

「我當然可以告訴你，不過你之前不是說好要感謝我嗎？」

「非常感謝。」

「才不是這個！」

克莉絲用手比出硬幣的形狀，不斷逼近。

原來她想要的是報酬。雖然克莉絲不是死要錢，不過她看待約定的態度莫名嚴謹。

唔，儘管欠的錢又變多了，但是現在顧不了那麼多。

阿克婭就算了，莉亞非得救出來不可。救回莉亞，靠著競賽一口氣逆轉！這應該就是還清負債的最快捷徑……對了！

「喏，妳要不要一起來？有實力高強的克莉絲幫忙的話我們會很感激喔？」

「我才不會被這點誇獎欺騙。你先把該給的給一給再說吧？」

她的臉不停靠近。

我原本是打算換個話題蒙混過去，看來沒這麼容易。

「開玩笑的。行啊，我可以幫忙。她們被帶到一座城堡，我聽說那個地方藏有非常驚人的財寶，身為盜賊可不能視而不見。而且我也很擔心前……那兩個人。另外那個叫丹尼爾的巨魔……我有點在意。」

「在意什麼？」

「這是祕密。」

克莉絲豎起食指，對我拋了個媚眼。

再繼續追問也不會多說什麼，所以我結束這個話題。

「好，那就出發吧！」

在溫泉洗去一身疲憊的我們精神飽滿，正要踏上旅程之時，休息室的門被人以驚人的氣勢打開。

「和真先生！呼……呼……太好了，還好有趕上！」

榭蘿和艾莉卡喘著氣闖了進來。

「妳們怎麼來了？我不是要妳們在阿克塞爾等我們嗎？」

我應該有跟她們提過，我們會負責找回那兩個人。

「可是你們要去救莉亞對吧？我們根本沒辦法靜靜等待，帶我們一起去！」

「不過敵人的目的就是妳們這些舞者，要是帶著妳們一起去，對他來說簡直就是自投羅網……」

我能理解她們的想法，但是這麼做的話感覺正中對方下懷。

「我們很清楚這麼做很危險，可是沒辦法什麼也不做。因為莉亞是我們最重要的夥伴……榭蘿，對不對？」

「我、我們已經不想一直被人保護！而且這也是我們阿克塞爾之心的問題！所以拜託你們，請帶我們一起去！」

榭蘿靠過來想握住我的手，終於在極近距離收了回去。

她的情緒相當激動，甚至到了忘記自己厭惡男性，沒辦法碰觸男人的地步。

「看來意志很堅定……」

「不，這不是意志，而是夥伴之間的羈絆。艾莉卡她們就是這麼重視莉亞。」

看樣子想說服她們得花費一番苦心。但是現在分秒必爭……

「啊──真是的，好啦！一起來吧！」

3

「欸，克莉絲，還沒到目的地嗎？」

我們不停在走山路，不知道走了多久。老實說，我已經筋疲力盡了。

環望四周，眼前所見全是群山和岩石。我們一直走在寸草不生的險峻山路上。

「按照我之前調查的情報，應該就在這附近了。差不多快見到城堡了吧。」

站在前頭的克莉絲瞇起眼睛望著遠方。

「綁走吾之夥伴是何等愚行！好吧，在見到城堡的瞬間，就用吾之爆裂魔法來終結一切

——」

「住手！要是波及阿克婭和莉亞該怎麼辦！」

都走了這麼遠的路，為什麼還莫名有活力啊。

「要趕在阿克婭她們遭受凌辱之前……！」

我很在意莉亞的安危，至於阿克婭則是一點也不擔心。

總覺得那傢伙一點事也沒有。

「今天一定要讓那些巨魔後悔！要抓的話怎麼能不抓最可愛的我呢！」

「嗚嗚，要是城堡裡有很多男人的話怎麼辦……」

不過我好像也沒有資格說別人，一點緊張感都沒有……這個隊伍真的沒問題嗎？真令人放心不下。

「啊！能看到丹尼爾的城堡了！」

惠惠誇張地揚起斗篷指向前方，只見遠離人煙的深山當中，聳立著一座格格不入的雄偉城堡。

「哇——城堡比想像中還要氣派呢。」

克莉絲見到城堡的外觀，不禁發出讚嘆的聲音。

確實，如果是這麼雄偉的城堡，裡面就算堆滿金銀財寶也不奇怪。不過我再次環望身邊的成員……

……完全看不出我們這一行人懷著拯救夥伴，挑戰強敵的崇高使命。這個隊伍裡只有我是正常人嗎？

「唔，雖然內心充滿不安，但是來到這裡只能上了！各位，繃緊神經出發了！」

4

「好，我們成功潛進來了，不過問題是那兩個人被關在這座巨大城堡的何處。」

我們悄悄潛入城堡，這裡的走廊異常寬廣，而且長到幾乎看不見盡頭。

城堡的天花板也蓋得相當高，應該是為了讓巨魔能夠自在移動巨大的身軀，或者單純只是有錢人的樂趣。

「一定是在地底！你們想，在流淌熔岩的地底深處肯定有無比堅固的監牢！」

「莉亞應該會在那裡被脫得一絲不掛吧。既然對方是魔王軍的儲備幹部，應該會有這種嗜好才對。」

妳們兩個即使面對這種狀況還是一如往常啊。

「妳們別再說不吉利的話了！我打飛妳們喔！」

看到握緊拳頭的榭蘿靠了過去，她們便道歉了。

「總之我們儘快救出莉亞吧！已經快到舞者競賽的決賽日了！」

我用力點頭贊同艾莉卡的發言。

要是沒辦法在決賽日前把她救出來，那可就得不償失。

「這個等到救出那兩人再想吧，現在可以先給我一點時間嗎？我想調查這裡到底有沒有財寶。」

「嗯，可以啊。不過救出莉亞是最優先事項，再拜託妳了。」

「好啦好啦，我當然也想救她。」

其實我也想搜刮財寶，希望能找點好東西，多少償還一些債務。

「好！就這麼決定了，趕緊救出莉亞就回去！」

「那個……偶爾也要記得阿克婭喔……」

惠惠真傻。我當然記得她啊……我是說真的喔？

5

「欸，我從剛才就一直想問了……這裡是哪裡？」

進入城堡之後，我們一直在裡面找個不停，但卻沒有見到任何人，就只是在這裡茫然地徘徊。

走在前頭帶路的克莉絲一臉愧疚的模樣。

「呃，是哪裡呢——？」

「喂。」

「我有什麼辦法。我雖然找到這座城堡，可是不曉得內部構造啊。什麼都要依賴別人的話是沒辦法成長的喔？」

為什麼迷路的克莉絲會一副高高在上的樣子啊。

「那就早說啊！我是看妳很有自信地一直往前走，才以為妳知道路耶！」

不過現在不是追究責任的時候。事到如今恐怕只能分頭搜索城堡。

「——啊，和真先生、和真先生。」

「榭蘿，我在想要怎麼辦，有什麼事等一下再說。」

「可是……請你看看那個。」

因為榭蘿不停糾纏，我只能放棄思考。抬起頭來一看，只見一個巨大的物體坐鎮在走廊的正中央。

「那是……」

不管怎麼看都是之前大鬧一番的粉絲，也就是自稱查理的巨魔。如今的牠是人類狀態，因此看起來只是個肥胖的中年男人。

我們保持警戒拿出武器，然而牠卻一動也不動。

「……和真，他是不是在睡覺？」

「喂喂，惠惠，怎麼可能有那種事。」

我笑著回應不可能會有這種蠢事，然而為了預防萬一，還是使用「竊聽」……然後聽到打呼聲。

「他真的睡著了……好，趁現在打倒他！」

「趁睡覺的時候襲擊嗎！那樣會不會太卑鄙了？」

「不要發出那麼大的聲音，達克妮絲。聽好了，戰鬥注重的不是過程而是結果。而且牠是綁架犯，正義站在我們這邊！只要打著正義旗號，不管做什麼事都不會有問題！」

我對頑固的達克妮絲講道理，但是她好像不太能夠接受，看起來不太開心。

其餘的夥伴也用責難的眼神望向我，但是我一悄悄接近查理，她們便心不甘情不願地跟了上來。

「樹蘿……唔呵呵呵……」

只差幾步便能進入攻擊範圍時，耳朵聽到查理輕聲說著噁心的話。

「糟糕，被發現了嗎！」

惠惠舉起法杖——但是牠似乎沒有醒來的模樣。

看來只是在說夢話，但是牠對惠惠的聲音有了反應，睜開眼皮。

就在這時，和查理距離最近的榭蘿跟牠對上了眼。

「…………是夢嗎？」

牠似乎對眼前的光景感到難以置信，偏頭表示疑惑並且不斷眨眼。

「這樣啊，因為我滿腦子都是榭蘿，所以榭蘿就出現在我的夢裡……我是什麼時候睡著的？算了，既然是夢，那麼做什麼都可以吧？唔喔喔喔！榭蘿——！」

查理突然朝榭蘿飛撲過去。

「不要啊啊啊啊啊啊啊啊啊啊啊啊啊啊啊啊啊！」

「噗啊！」

榭蘿在接觸的瞬間揮出右拳，準確打中牠的臉。

儘管兩者的體重有極大差距，查理仍被一拳打飛到走廊的牆邊。

「唔……這一拳……不是夢！是真正的榭蘿！你們怎麼會在這裡？」

挨了一拳的查理澈底醒來，望著四周確認眼前的狀況。

「喂，榭蘿，先發制人是很好，但是接下來該怎麼辦啊？」

大家一起攻擊解決牠的作戰計畫泡湯了。

「啊！你們幾個！到底為什麼會在這裡？」

如果光靠剛才那一擊打倒牠就完美了，可惜事與願違。

「果然無法悄悄把莉亞她們救出來。前衛交給我吧。」

「既然被發現就沒辦法了……吾乃惠惠！擅使爆裂魔法，乃前來奪回莉亞與阿克婭之人！」

多虧了達克妮絲和惠惠早已習慣遭遇預料之外的情況，她們很快就重整心態，進入備戰狀態。

「可以告訴我們人質和藏起來的寶物在什麼地方嗎？」

「哼，我再怎麼說也是丹尼爾大人的心腹，怎麼可能這麼輕易洩漏情報。」

查理對克莉絲的質問嗤之以鼻。

說得也是。怎麼可能隨口一問就告訴我們。

「小、小莉在哪裡！」

「她在走廊深處的房間裡喔，榭蘿。」

「……這麼簡單就招了。」

這傢伙沒救了。

「…………混帳，竟然用巧妙的語言陷阱害我說出口，太卑鄙了！」

「只不過是稍微會說點人話，可別得寸進尺喔。豬先生？」

可能是因為莉亞被人綁走，艾莉卡的心中充滿怨氣，導致這番話聽起來比平常還要尖酸刻薄。

「竟、竟然叫我豬！太沒禮貌了！我絕對不是低等的半獸人，而是高貴的巨魔！算了……若是能在復活古代兵器的儀式之前得到艾莉卡和榭蘿，丹尼爾大人肯定也會很高興！」

復活古代兵器？舉辦儀式之前？

感覺聽到一連串很不妙的詞彙。

「不好的預感成真了……」

克莉絲好像自言自語說了什麼，但是我沒聽清楚。

「喂，查理，這是什麼意思──」

我的問題似乎沒有傳到查理耳中，只見牠擺出踩踏大地的姿勢，發出低沉的聲音。

「喔……喔喔……喔喔喔喔喔……！唔嘎啊啊啊啊啊啊啊啊啊啊啊啊啊啊啊！」

接著外貌從人類逐漸變成巨魔。

「你還沒學到教訓，竟敢現出真面目！」

「唔哇……雖然好久沒見到了，唔哇……」

艾莉卡露出打從心底感到厭惡的表情，倒退了幾步。

「妳、妳那是什麼反應……」

「別、別過來！好噁心好噁心！一點也不可愛！」

「咦……噁心？」

艾莉卡的反應似乎讓查理大受打擊，原地抱膝縮成一團。

「小、小艾，牠看起來好像很沮喪耶？妳是不是道歉一下比較好……」

「不然樹蘿覺得呢？妳不認為牠變身成怪物之後很噁心嗎？」

被要求表達意見的樹蘿開始觀察查理。

查理意識到樹蘿正在看牠，眼神當中帶著期待。

「是、是還不到噁心的程度……不過，確實不可愛。」

「不、不可愛……樹蘿說我不可愛……為為為、為什麼……」

查理遭到自己推的樹蘿送上最後一擊，就這麼倒在走廊上，眼中冒出大量淚水。

「牠哭了耶。就算是敵人，看起來也有點可憐……」

「妳在說什麼啊，惠惠？各位！現在正是好機會！」

我拔出刀來，要大家跟我一起進攻。然而我的夥伴們卻都站在原地不動。

「……怎麼，有話想說就說啊。」

沒有任何人回答，取而代之的是一臉受不了我的表情。

「我說啊，牠可是壞人喔？不打倒牠問清楚關在什麼地方，可就沒辦法救莉亞喔。」
「說、說得也是。」
「這都是為了救莉亞。」
為了拯救夥伴，艾莉卡與榭蘿似乎下定決心隨我上前。
「和真，你好歹也提一下阿克婭……」
「你該不會真的忘記阿克婭了吧……？」
啊，這麼說來還有阿克婭。我的腦裡只想著要救莉亞。
「我、我當然沒有忘記。好了，各位為了夥伴狠下心來吧！」
「唔喔喔喔喔喔喔喔喔喔喔喔！」
大受打擊的查理不停嚎啕大哭，至於我們則是從牠的背後悄悄接近——

6

把查理痛打一頓綁起來之後，讓牠說出兩人所在的確切位置，來到那個房間前方。
「查理說的就是這間房間吧。房門好像鎖住了……」

「妳退後。如果是這點程度的鎖……喝！」

原先是惠惠靠在對開的門邊偷聽內部狀況，接著由達克妮絲和她交換位置，抓住右邊的門把。

「我也來幫忙。」

榭蘿也從另一邊抓住左邊的門把。兩人同時點了點頭，同一時間用力拉門。

門鎖隨即發出刺耳的嘎吱聲響被兩人拉開，門扉就此敞開。

「真不愧是肌肉棒子搭檔。」

「「不准叫我們肌肉棒子！」」

朝艾莉卡怒吼的兩人很擋路，於是我縮起身子從她們之間鑽進房裡。

「阿克婭、莉亞，妳們沒事吧……唔！」

房間裡的臭味讓我不禁捏住鼻子。

裡頭的家具都被弄得亂七八糟，四處散落著滿地垃圾。豈止沒有地方能夠駐足，根本就是完全被垃圾淹沒。

「唔哇，好慘……」

克莉絲掩著嘴巴皺起眉頭，腦中似乎在想像最糟糕的情況。

「難道是阿克婭她們遇到襲擊之後激烈反抗才會變成這樣……？剛才查理好像有提過

『復活古代兵器的儀式』，她們也許被帶到別的地方了……」

「可惡，混帳丹尼爾！」

晚了一步嗎！

「不對，大家等等。我個人有些不同的看法……妳覺得呢，榭蘿？」

「嗯、嗯……應該說我們已經看慣這個景象……」

「嗯……嗯嗯？嗅嗅、嗅嗅……聞起來是乾淨的空氣！」

艾莉卡與榭蘿一臉欲言又止的表情。

「阿、阿克婭！妳沒事吧！」

阿克婭的臉從亂七八糟的垃圾堆裡探了出來。

「和真……嗚哇……和真先生──！你們也太晚來了……這裡真的很可怕──！」

阿克婭抱住我嚎啕大哭。

「唔喔！垃圾的臭味！別靠近我！不要用我的衣服擦臉！」

「別哭別哭，阿克婭很難受吧。已經沒事了。妳的頭髮上還有垃圾喔？」

「那些巨魔肯定對妳做了很殘忍的事吧……請務必詳細告訴我有多殘忍！」

妳們兩個……我雖然同情阿克婭，還是和她拉開距離。

「不是啦！那些巨魔沒什麼威脅，因為他們只是單純喜歡舞者。」

「那有什麼好可怕的？」

捏著鼻子，完全不想踏入房間一步的克莉絲提出疑問。

「嗯、嗯……」

「莉亞！莉亞也沒事吧！」

在阿克婭剛才探出頭的地方附近，莉亞現身了。

她與阿克婭相反，一臉平靜……話說那是睡昏頭的表情吧？

「艾莉卡、榭蘿……妳們來救我了嗎？呼啊……」

「小莉竟然在這堆垃圾山裡面睡覺，確實很有妳的作風……」

兩人似乎已經司空見慣，一如往常地與莉亞對話。

「現在應該是感人的重逢才對，妳們還真是平靜。」

「那是當然。我在走進這個房間的時候就已經知道莉亞沒事。」

「房間會變得這麼髒亂，就代表小莉平安無事呢。」

……啊——我就想說好像在哪裡見過這個髒亂的景象，原來是這麼回事。

不過居然能從房間的髒亂程度判斷是否平安，這個人也太糟糕了吧？

「小莉這樣不行喔。妳們這段時間好歹算是同居，把這裡弄得這麼亂，會給阿克婭小姐添麻煩吧？」

「會嗎？阿克婭也有叫我注意一點，我已經儘量收斂了……」

收斂之後還是這副德性喔。

「嗯，確實比平常乾淨多了。還沒有發現那種超不可愛的六腳蟲。」

「要是我們再晚一陣子來救她們，這個房間就會散發腐臭然後長出神祕蘑菇——」

「別說了！我不想再聽這麼噁心的話題了！」

克莉絲似乎很怕這種話題，一邊顫抖一邊抱著自己的身體。

「真的……真的很痛苦喔？不管怎麼清理，垃圾還是一直增加……」

光是想像在這麼髒的房間裡一起生活，就讓人不禁同情她的遭遇。

「好啦好啦！阿克婭還有大家都先冷靜下來。繼續待在這裡的話，很快就會被敵人發現喔。」

「我有幫小莉帶來冒險用的衣服和武器。」

莉亞接過樹蘿遞來的衣服開始換裝。

阿克婭也脫掉沾滿垃圾的衣服，換上達克妮絲帶來的服裝。

我在場只會妨礙她們換衣服，因此被趕到走廊等待，沒過多久她們便出來了。

她們換上平常的打扮，至於垃圾的臭味……幾乎聞不到了。

「好，準備完畢！」

「我們快點離開這個骯髒的地方吧！我想快點去洗澡！」

阿克婭歸心似箭，催促所有人離開房間。

「好，那就逃——」

「等一下！你們的目的是把她們兩個平安無事救出來，那麼接下來輪到你們遵守和我約好的事了吧？我們先找寶物，然後再離開。沒問題吧？」

我確實和克莉絲許下這樣的約定，但是老實說我比較想在被敵人的老大發現之前趕快回去。

「根據我感知寶物技能的反應……寶物在這邊！跟我來！」

我們還沒回答，克莉絲便一個人跑走了。

「……既然如此那也沒辦法。離開之前再做點事吧！」

如果能多少償還一些債務，應該也不會有什麼損失。

依據克莉絲「感知寶物」技能得到的結果，我們抵達的地方……是一個裝飾得金碧輝煌的會客室。

王座以及周圍隨意堆放著大量的金銀財寶，克莉絲一見到那些東西，就開始認真地物色四周的擺設。

「這個燭台是純金的……感覺能賣不少錢。這個魔道具應該能高價賣給冒險者……但不是那個東西。」

「喔，你不要的話我就收下了。這個感覺也能賣個好價錢……不對！我們差不多該走了，不然會很不妙！」

財寶蒙蔽我的雙眼，讓我不由自主地和她一起物色起來，不過要是我們在這裡被丹尼爾發現，下場將會很不妙。

「我知道……雖然沒找到想要的東西，不過這樣就夠了。」

明明眼前有這麼多寶物，克莉絲的神情看起來卻有些低落。

……嗯，算了。反正我已經把看到的值錢東西都塞進袋子裡。這麼一來應該能減輕不少債務。

「無所謂啦，我們快點離開吧。要是被關在城堡裡就沒辦法去洗澡了！」

「既、既然這樣，回程的時候順路過去阿爾坎雷堤亞的溫泉怎麼樣？啊啊……那個城鎮真是個好地方……」

「會喜歡去那種地方的艾莉絲教徒只有妳而已。我再也不要去了！」

我認同惠惠的意見。

我點了幾次頭，這時設置在城堡裡的喇叭傳來與雜音交錯的聲音。

『莉亞小姐、莉亞小姐，宛如女神般可愛的莉亞小姐，聽得到嗎？』

「這個聲音！是丹尼爾吧！」

『妳最重要的布偶在我的手中。要是想拿回去的話，請穿過王座後方的暗門，過來祭壇的房間——』

「……布偶？他說的布偶是莉亞平常睡覺抱的狐狸嗎？」

和她一起生活的艾莉卡似乎知道丹尼爾在說什麼。

布偶啊。莉亞的房間裡確實有很多布偶。

「啊，我想起來了！是我在阿克塞爾打掃莉亞的房間時看到的那個東西嗎？」

「不要說是『那個東西』！它可是有個好聽的名字叫金次郎！」

她似乎非常看重那隻布偶，看起來是真的生氣了。

「雖說布偶在他手上，但是要不要去拿回來——」

「當然要去！金次郎撫慰了孤單的我，是我第一個朋友……金次郎真的落入丹尼爾的手上嗎？」

莉亞打斷丹尼爾的話，揚言要去拯救她的布偶……她是認真的嗎？不……她的腦袋還正常嗎？

『小莉，救救我……是我，我是金次郎。』

不要用噁心的假音說話！

「不會錯！那是金次郎的聲音！居然做出把溫柔的金次郎抓去當人質的卑劣行為！我絕對會救去你……等等我，金次郎！」

感覺光是聽他們的互動。我的頭就要痛了。

確實有人會把布偶當作家人，但是這也太誇張了。

莉亞完全聽信敵人的話，拚命搜索王座後方。

然後很快就找到暗門，我們還來不及阻止她，她就毫不遲疑地打開門，隨即消失在門的另一側。

「啊！莉亞等等！」

「小莉，自己一個人行動很危險的！」

就連艾莉卡和榭蘿……也跟了過去。

怎麼每個人都不聽人話！

「怎麼辦？她們一定是去找丹尼爾吧？」

「不能放著她們不管……立刻追上去。」

「唉……還以為難得不用跟敵人的老大正面交鋒。真沒辦法啊！」

7

「金次郎——！聽得到的話就回答我——！」

通道的前方傳來莉亞悲痛的呼喚。

「……歡迎妳，莉亞。感謝妳主動來到這個地方。」

「丹尼爾……明明是你威脅我過來的，還真敢說……！把金次郎還給我！」

「金次郎？喔喔，是那個布偶的名字吧。那個布偶不在這裡喔。」

「你說什麼？可是我剛才明明聽到金次郎的聲音——」

「那是我的聲音。很抱歉騙了妳。」

儘管我很不想聽，不過這段愚蠢的對話還是鑽進我的耳中。

來個人吐槽一下好不好！為什麼這樣還能夠對話！

「你竟然用只有粉絲才知道的事欺騙莉亞。」

「太、太過分了……！」

該吐槽的地方不是這裡吧！

也聽得見艾莉卡和榭蘿的說話聲，她們毫無火氣的對答讓我覺得很煩躁。

「喔喔，榭蘿和艾莉卡也來了！就像用蝦釣到鯛魚，狐狸竟然能釣到舞者！」

這個比喻差勁透頂！

「和真，你怎麼跑得一臉焦躁？肚子痛嗎？」

與我一起奔跑的阿克婭擔心問道，但是她誤會了。

「原本以為只能妥協，由莉亞單獨執行儀式，但是看來現在正好湊齊阿克塞爾之心的三位成員呢。『展露如女神般舞姿者，身著青衣立於封印之地』……傳說即將實現！」

「我好像聽到很帥氣的台詞！」

惠惠這傢伙還對敵人的可疑發言感到這麼高興……

「剛才那句話是……果然……」

同樣一起奔跑的克莉絲和惠惠相反，顯得一臉嚴肅。

儘管我很在意她的表情，腳下的速度絲毫不減，一路穿越通道闖進祭壇所在的房間。

「莉亞、榭蘿、艾莉卡……妳們沒事吧！」

我大聲一吼，彷若要一掃剛才那些對話帶給我的煩躁。

「來了啊……不過已經太遲。為了讓古代兵器復活，就算來硬的也要讓妳們跳舞！」

牠的這番話似乎表明了目的，但是並沒有什麼說明，因此還是不曉得牠想做什麼。

不過牠的目的似乎是讓莉亞她們跳舞，這點很好理解。

「喔喔喔……喔喔喔喔喔喔……！」

「牠要變身巨魔領主了！大家小心！」

「太糟糕了……這傢伙也要和查理　樣變成不可愛的怪物！」

艾莉卡回想起查理變身後的模樣，不禁以輕蔑的眼神望向丹尼爾。

「……嗯？請等一下。妳說巨魔不可愛？我無法接接受這個說法呢。巨魔其實意外地可愛！」

「才——不——可——愛——！不可愛，一點也不可愛——！身為可愛化身的我絕對不同意！」

「唔、唔嗚嗚……」

這傢伙似乎受到很大的打擊？真是意想不到。難道牠是想被人稱讚可愛的那種類型嗎……對了！

「要是變身就會變得不可愛，很惹人厭對不對？莉亞和榭蘿也這麼覺得吧？」

「這、這個嘛……」

面對我突然拋來的話題，榭蘿顯得不知所措，於是我用眼神暗示她。

「人類的外貌還挺帥氣的，維持人類的模樣比較好吧？」

「對、對啊……跟巨魔相比，人類還是比較好。」

槲蘿似乎無法意會我的想法，倒是莉亞理解了我的意圖。

「連莉亞也這麼說……咳咳，我知道了。今天就用人類的樣子對付妳們吧！」

中計了！只要他不變成巨魔，我們就還有勝算！

「阿克塞爾之心的各位。為了復活古代兵器，請為了我跳舞吧！」

「才不會讓你得逞！上吧！」

8

我判斷如果是沒有變身的丹尼爾或許還有辦法解決，但是開戰之後卻因為缺少分出勝負的手段而陷入僵持局面。

達克妮絲替我們擋下攻擊，受到阿克婭輔助的阿克塞爾之心成為主攻手，卻是火力仍然差了一點。

畢竟克莉絲和我在戰鬥當中完全不值得期待。

「呼、呼……沒想到沒變身也很能打。真不愧是曾為魔王軍儲備幹部的男人。」

「感謝你的稱讚……我似乎也太小看你們了。竟然會被逼到這種地步……既然如此，就算會被罵不可愛，我也該變身——」

不妙！得在這傢伙變身之前給牠最後一擊！這種情況只能聽天由命賭一把嗎？

「……這座城堡的結構似乎非常牢固，就算來上一發也不會怎麼樣！給他一發大的！惠惠！」

「交給我吧，和真！『Explosion』！」

爆炸的氣浪瞬間肆虐，耗盡魔力的惠惠靜靜地倒下。

瀰漫的煙霧漸漸消散，視野逐漸清晰——

「……怎麼樣，解決了嗎？」

「就叫妳不要說那種話了！」

達克妮絲馬上就想立旗。

「咕唔！呼……呼……」

身處爆炸中心的丹尼爾儘管看起來狼狽不堪，仍然撐過這一擊。

由於牠沒有變回原本的樣貌，還以為這下能夠解決，結果與上次一樣棋差一著。

喂喂，拜託饒了我吧。我們已經沒有其他手段了。

「還能動嗎？這傢伙真頑強！」

「不，我已經到極限了……連變身的餘力都沒有。所以在最後……莉、莉亞……這是我身為粉絲最後的請求……能不能為了我，展現妳美麗的舞姿呢？」

「我拒絕。」

莉亞毫不猶豫地拒絕丹尼爾的請求。

「為、為什麼？這是粉絲最後的願望，妳怎麼能這樣！」

「你到底懂不懂自己做了什麼？」

「我是個舞者，所以十分重視自己的粉絲。但是你竟然卑劣到想用金次郎設計我！」

「這、這種人才不是真正的粉絲！只是個變態罪犯而已！」

她們會有這種反應也是理所當然。沒有人會答應這種擾人粉絲的任何請求。

「啊……啊啊……啊啊、啊……啊啊！怎麼會這樣！被莉亞討厭了……我、我、我的世界毀滅啦啊啊啊啊啊啊啊啊啊！」

丹尼爾一邊痛哭，一邊用拳頭捶地。

都這麼大一個人了，竟然在別人面前嚎啕大哭……

這傢伙都做出綁架擄人這種勾當，還有臉說這種話。

「噗哧！太好笑了！準備了這——麼豪華的房間還是被甩，因此大受打擊，真是笑死我了——！」

阿克婭繞著丹尼爾出聲嘲諷。

這傢伙只有面對弱小的對手才這麼強勢。

「好吧，這樣事情就算告一段落吧。我累了，回去之後就用唰唰來乾杯吧！好的，勝利的花鳥風月～」

她滿心歡喜地表演自己最擅長的宴會才藝。

「等、等一下，前輩……不是！妳不要再跳舞了！」

克莉絲見到阿克婭的「花鳥風月」後，不知為何突然緊張起來。

她是認為這個場合不適合跳舞嗎？明明身為盜賊卻很謹慎呢。不過現在確實有其他必須優先處理的事。

「喂喂，別做這種傻事，快給牠最後一擊……嗯？」

因為四周突然暗了下來，我透過一旁的窗戶望向天空。

城堡上空籠罩烏雲，溫熱的風從祭壇的窗外吹來。

「奇怪？天氣突然……呀啊！居然開始打雷了。到底是怎麼回事？」

突如其來的雷光嚇到惠惠，使她難得驚慌失措。

「來不及了……！」

站在我身旁的克莉絲緊咬嘴唇，以警戒的模樣瞪視天空。

「喂，阿克婭！都怪妳太得意忘形，惹得老天爺生氣了！」

「我才不管老天爺怎麼樣，我可是女神耶！」

「……女神？不對，等一下……？」

阿克婭的話讓我想到某件事……

「怎麼了？和真？表情突然這麼凝重……」

達克妮絲好像對我說了什麼，但是我正在拚命回想，沒有力氣理會她。

似乎是在戰鬥之前聽到某些重要的線索？

「那個……剛才丹尼爾提到讓古代兵器復活，還有傳說什麼的，牠是怎麼說的？」

「印象中是……『展露如女神般舞姿者，身著青衣立於封印之地』吧。因為這段話太帥了，我就記住了！」

真不愧是紅魔族……才怪。

「……喂，不會吧？真的假的……？」

「哎唷，和真幹嘛一個人在那邊發呆啊？該不會是想上廁所吧？」

這傢伙什麼都不懂，還是一副無憂無慮的樣子。

「才不是！阿克婭……為了以防萬一我再問妳一次，妳姑且算是『女神』吧？」

「什麼『姑且』！我可是不折不扣的女神好嗎！」

「然後妳平常穿著的衣服顏色……」

「你到現在才發現這件衣服的好嗎？這套和水之女神無比相襯的藍色衣服，正是我的註冊商標喔！」

她原地轉了個圈，彷彿是在炫耀平常穿的那套衣服。

「然後妳剛才做了什麼……？」

「那是頂級的宴會才藝！是所有人都認可的華麗舞蹈『花鳥風月』喔！」

「妳這個……廢物女神啊啊啊！這樣豈不是湊齊條件了嗎！」

展露如女神般舞姿者，身著青衣立於封印之地……不就是剛才阿克婭幹的好事嗎？是哪個笨蛋設定這種愚蠢的觸發條件啦！

話說阿克婭一跳舞就會觸發，這麼隨便真的沒問題嗎？

「呀啊！」

閃光充滿整個視野，耳朵聽見莉亞的哀號。

城堡的屋頂隨著爆炸聲消散無蹤，上方開了一個大洞，雷光再次閃耀，一道落雷打在祭壇上。

接著眩目的電光之中出現某樣東西——

「這是……巨大的雷電匯聚在一起，化為實體……？」

「喔喔，我做夢都會夢到的古代兵器……終於！呼哈哈……呼哈哈哈哈哈！」

丹尼爾站起身來，走向雷霆落下的地方。

然後將一個不斷放電，有如巨大鐵鎚的物體抓在手中。

「終於落入我的手中了。這把金色的鎚子正是最強的古代兵器，其名為……『雷霆戰鎚』！」

「為什麼古代兵器會復活……？小莉明明沒有進行儀式啊。」

榭蘿會感到疑惑也很正常。在場理解來龍去脈的人只有我和另一人。

現在不是吐槽觸發條件有多怪的時候，因為雷霆戰鎚已經出現在我們的面前。

「呃……那、那個，和真先生……？這應該不是我的錯吧……？」

「怎麼想都是妳的錯！都怪妳那不經大腦的行為，碰巧符合了儀式條件啦！」

「嗚哇啊啊啊啊！」

想哭的人是我！

「光是握在手裡就感到力量不斷湧現……現在的我彷彿能夠得到全世界。啊——哈、哈、哈！」

古代兵器因為阿克婭幹的蠢事覺醒了。

該死……這下糟糕了！接下來究竟該怎麼辦才好……！

「看看妳幹的好事！妳要怎麼負責！」

「不要那麼凶嘛！我又不是故意的！」

「雖然不清楚這是怎麼回事，不過別再責怪阿克婭了。都是因為我被抓來……！」

儘管莉亞出言袒護阿克婭，但是終究不曉得我責罵阿克婭的原因。

展露如女神般舞姿者，身著青衣立於封印之地。

如果向她們解釋我之所以生氣是因為這句話，不知道阿克婭是女神的人，也只會覺得莫名其妙吧。

話雖如此，不明所以的阿克婭所作所為滿足了條件，確實讓古代兵器復活——

「呼哈哈哈哈……我終於得到了！最強的古代兵器『雷霆戰鎚』！」

好像曾在遊戲還是電影聽過這個名字。記得那是掌控雷霆之神所使用的武器……

「我、我能感受到驚人的魔力……」

「怎麼辦怎麼辦！這下不妙了！」

榭蘿和艾莉卡十分慌亂，於是我出言安撫……才怪！我根本沒這個心力！

說真的，到底該怎麼辦啊？這種情況該怎麼收場！

「大家躲到我後面！由我來抵擋攻擊！」

「不可以！就算達克妮絲再厲害，也不可能擋下那種東西！」

儘管她挺身而出，想成為守護大家的盾牌，不過克莉絲說得沒錯，即使是以耐打著稱的達克妮絲，也不可能平安無事扛下那種東西的攻擊。

至於我方火力最強大的惠惠，在使出一記爆裂魔法之後就一直倒在地上。

「喂，惠惠。現在不是倒地不起的時候了。快點起來逃跑——」

「請等一下。看看那把鎚子散發的黃金光輝！哈啊……真是觸動紅魔族的心弦！帶我去雷霆戰鎚旁邊！我想靠近一點欣賞它！」

「我也想要更靠近一點挨它一擊！」

我的夥伴即使面對這種狀況還是一如往常！

「那個……雖然這些話由我來說很奇怪，不過這可是很危險的兵器，你們是否應該更害怕一點？」

丹尼爾見到預想之外的反應，不由得感到疑惑。

「讓我靠近一點欣賞啦，和真——」

「我怎麼可能靠近，那個看起來就很危險！我們快點逃！」

「哎呀哎呀，真是的。每次對上你們都會打亂我的步調。」

看傻眼的丹尼爾嘆了口氣。

強者的餘裕展露無遺。

「丹尼爾大人！您終於……終於成功了！」

「嗯。接下來只要解決這裡的冒險者就結束了……我當然會好好對待幾位舞者。」

查理在此時與丹尼爾會合。明明把牠痛打了一頓，巨魔的恢復能力真是令人訝異。

「唔！還以為已經把牠逼到絕境……！」

「很遺憾，你們已經沒有任何勝算！現在就讓你們認清這個事實吧！」

丹尼爾高舉雷霆戰鎚，咧嘴一笑。

「低鳴吧……閃電啊！」

「「「呀啊啊啊啊啊！」」」

隨著丹尼爾用雷霆戰鎚敲擊地面，閃電便化為撼動整座城堡的衝擊襲向眾人——

「喂喂，那股力量是怎麼回事……這座城堡連惠惠的爆裂魔法都扛得住，剛才竟然搖晃了！」

「和真先生，這種感覺非常不妙。就算只是被那道閃電稍微擦過，整個人就會燒焦化為灰燼喔！」

不用阿克婭多嘴，這種事情看也知道……要是下跪請求饒命，牠願意放過我嗎？

如果讓丹尼爾最喜歡的莉亞去求情，是否能夠撿回一命呢？

「和真先生……你是不是在想什麼卑劣的事？」

阿克婭……平常明明很遲鈍又不會看氣氛，為什麼只有這種時候特別敏銳？

「就算是結界魔法，也無法完全抵擋那個威力吧……」

「這種東西問世的話，後果將會不堪設想……！」

榭蘿和莉亞即使面對如此狀況仍然認真思考，和我的夥伴完全不一樣。

「呵呵呵……現在才害怕已經太遲了！丹尼爾大人，再使一招給他們瞧瞧吧！」

聽到興奮不已的查理開口，我們不禁閉上眼睛擺出防備的姿勢……然而等了許久，下一記攻擊遲遲沒有到來。

我們悄悄睜開眼睛偷看。

「咳噗……」

丹尼爾不僅沒有攻擊，反而口吐鮮血跪倒在地。

「呃！咦咦咦咦咦？為什麼丹尼爾大人差點被電死了——！」

「不、不知道……不過這是天大的失算。究竟為什麼會這樣——」

丹尼爾在極近距離承受了強大的一擊……那個武器會自爆嗎！根本是瑕疵品吧！

「……啊！丹尼爾大人！這裡有和兵器一起復活的使用說明書！」

……說明書？古代兵器居然還附說明書，這到底是怎麼回事？

「我看看……？『誠摯地感謝您這次使用雷霆戰鎚。雷霆戰鎚在古代的語言中代表「粉碎一切之物」。因為匯集了極強的能量，所以直接拿在手上使用非常危險』。」

「真希望能在使用前告訴我這件事。算了，沒看說明書是我的疏忽……」

是嗎？我倒覺得這不是丹尼爾的錯。

「『為了您的安全，使用時請同時配戴手套型魔道具「雅恩格利佩爾」。』上面是這麼寫的。」

「啊，原來如此。那是配套的魔道具……還有機會！」

克莉絲從剛才開始就一直唸唸有詞，一下嚴肅一下絕望一下開心，喜怒哀樂的表情變來變去，忙得很。

「此外，雅恩格利佩爾放在遙遠北方的『沃姆山』。」

「查、查理！那不要念出來……」

「……啊！」

查理急急忙忙摀住嘴巴，但是已經太遲。

「你們聽見了嗎——？」

「嗯，我這對可愛的耳朵聽得一清二楚！」

「如果讓牠自在運用那種東西，將會危害到民眾。我們得先找到手套，讓牠沒辦法使用雷霆戰鎚……！雖然我很想嘗嘗被人自在操控的雷電打在身上的感覺就是了！」

有了應對的方法雖然讓我感到安心，問題在於該怎麼離開這個地方。

「哎呀哎呀，你們以為逃得了嗎？你們現在疲憊不堪，就連查理也能打倒你們！」

牠們當然不會放我們離開。

丹尼爾因為自爆身受重傷。我們雖然也差不多到達極限，要是只有牠的話或許還能想辦法解決。

「請交給我吧。這也是為了挽回我說溜嘴的失態……唔喔喔喔喔！」

查理仰天咆哮，隨即變身成體積龐大的巨魔。

「可惡，惠惠已經沒辦法是用爆裂魔法。既然這樣……阿克婭，交給妳了！用妳對貝爾迪亞使出的那招！」

「雖然不懂為什麼，不過真的可以吧？那我要上嘍！『Sacred Create Water』！」

大量的水從天而降，我們也因此被水沖到城堡外面。

由於我們的體重很輕，所以才會被水沖走，至於那兩隻巨魔則是因為身軀沉重，不至於跟著被沖出來。

「可、可惡——！」

被水沖到城堡入口的我們連忙離開。

「呼，總算逃過一劫。」

雖然差點被淹死，但是結果好就好。

「倘若丹尼爾能自在控制那個兵器就不妙了，說是世界的危機或許也不為過。」

儘管現在還是有瑕疵的武器，威力卻是貨真價實。

「世界的危機嗎……這又是誰的責任呢？」

聽到惠惠的疑問，我不禁渾身一顫。

「我、我們只是剛好在場而已！跟我們無關！」

「對啊！我才是受害者！」

我和阿克婭極力宣稱一切與我們無關，卻引來其他人的冰冷視線。

「大家或許各有各的想法，但是現在應該先向公會報告兵器復活一事吧。」

達克妮絲說得沒錯，沒有任何人能反駁。

於是我揹著惠惠，以沉重的表情帶領大家踏上返回阿克塞爾的歸途，準備告知眾人這個

第五章

1

我們抵達阿克塞爾之後，便把冒險者們召集到公會，說明了丹尼爾和「雷霆戰鎚」的危險性——

「一揮就能招來雷電的古代兵器啊……」

光看公會櫃檯小姐露娜的表情，就知道她一時之間沒辦法相信這個消息。

「沒錯，要是讓丹尼爾自在掌控那股力量，坦白說情況會非常糟糕……」

雖然我說明了現況有多不妙，四下眾人卻沒什麼反應。

「我們近距離見識過了，那個威力恐怕比爆裂魔法還要強吧。」

「比爆裂魔法還強？」

「那就可怕了……要是能連續使用豈不是無敵了嗎？」

琳恩和達斯特驚訝到從椅子上站了起來。

……明明對我的話半信半疑，克莉絲一說就這麼輕易相信了。

「可是，為什麼那麼驚人的兵器會在現在復活……？」

「這、這個嘛……！」

琳恩這個基本的問題讓我啞口無言。

要是直接言明那個兵器復活原因的話，真不曉得會怎麼樣……

「簡單來說，就是因為過去從未現身的『美麗女神』終於降臨——」

「啊啊啊啊啊啊！沒事沒事！只是丹尼爾那傢伙終於成功舉行了儀式而已！」

我連忙抱住阿克婭的頭堵住她的嘴。

不能讓大家知道古代兵器復活與我們有關……！

「和真先生，謝謝您的報告。看來事態非同小可……這不是單憑阿克塞爾能夠處理的問題呢。我馬上聯絡王都，擬定對策。」

露娜匆忙彙整文件，並對其他人下達指示。

「拜託了。要是王都可以派人過來支援，那我們就能放心了！」

「不過不能太樂觀喔？即使真的有援軍，過來這裡也要花一段時間。萬一遇上關鍵時刻，就由我來承受所有攻擊！」

就算是達克妮絲，承受那種攻擊也不可能平安無事。

「丹尼爾先生還在魔王軍時的行動力就很驚人了。他隨時可能發動攻勢……」

「……還在魔王軍時？」

琳恩聽到維茲的發言，低聲表示疑惑。我驚覺不妙。

「維茲！丹尼爾還在魔王軍時的情報，是巴尼爾告訴妳的吧！」

「咦？啊！是的，沒錯！」

很清楚魔王軍情況的維茲也來了，只是她一不小心就會說溜嘴，不能大意。

「不必擔心。如果他真的攻過來，就由我和魔劍格拉墨來解決吧。因為保護人們免於危難就是我的責任！」

「好、好帥……請救救我們！然後養我吧！」

「咦？那個，這……」

穿著修女服的祭司——賽西莉纏上了御劍。

從她那身以藍色為底色的修女服能看得出來，她是熱心的阿克西斯教徒。分明不是冒險者卻出現在這個地方，應該是一如往常地和阿克婭混在一起吧。

因為這兩個傢伙時常一起騷擾艾莉絲教徒或是對他們惡作劇，艾莉絲教的祭司們似乎將她們視為危險人物並加以警戒。

如果是平常，見到有女性纏上御劍我會非常嫉妒，但是這次纏上他的人是阿克西斯教徒賽西莉，所以完全不感到羨慕。

不過更重要的是這傢伙在場，那麼機會正好。

「勇者大人說得對！保護眾人正是冒險者的責任！而且攸關世界的危機更是所有冒險者都要面對的問題！」

「咦？勇者大人？你剛才叫我勇者大人嗎！」

御劍沒在意我講了什麼，反而因為我稱呼他為勇者大受感動。

「……和真說得沒錯，攸關世界的危機是所有冒險者共同面對的問題呢。」

「要是拯救了世界的危機，感覺要多少錢和女人都沒問題呢……同樣身為冒險者，我也來幫忙！」

琳恩和達斯特也順勢表達願意提供協助。

「好，大家一起為了世界加油吧！」

「竟然把跟自己有關的部分蒙混過去，還要大家一起幫忙……真不愧是和真呢。」

克莉絲在一旁潑冷水。

「喂！不相關的人可以閉嘴嗎！」

「好好好。不過我也不算不相關就是了……我要去變賣從城裡拿回來的寶物了……前輩又……唉——」

克莉絲轉過身對我揮揮手，一邊唸唸有詞一邊離開冒險者公會。

「居然連被洪水沖走的時候也不忘帶回寶物，真是盜賊的楷模。」

我也有藏一些寶物在身上，但是全被那陣大水沖走了。

「……那、那個——」

「話說剛才的和真真是帥氣呢。」

「攸關世界的危機是所有冒險者都要面對的問題……真不像是和真會說的話。你撞到腦袋了嗎？」

「反正和真先生一定又在打什麼壞主意了吧？」

「這個廢物女神，妳以為是誰害的……」

我好不容易澈底騙過……讓大家理解狀況，結果竟然被自己的夥伴懷疑。

「我、我有話要說！」

「嗯？莉亞，怎麼了？」

「這件事真的和大家都有關嗎？追根究柢，都怪我被丹尼爾擄走……」

莉亞似乎覺得自己該為這件事負起責任，自從離開城堡後就一直沒什麼精神。

「莉亞才不需要道歉。錯的是想大鬧一場洩憤的丹尼爾，其他人沒有任何責任。」

莉亞確實沒有錯，但是——

阿克婭，拜託妳多少要有點犯錯的自覺。

「可、可是……如果比賽因此停辦，那麼榭蘿和艾莉卡的夢想豈不是因為我……」

「小莉，妳想太多了。就算比賽停辦，下次還有機會啊。」

「對呀。就算莉亞真的有責任，莉亞的責任就是我們三個人……就是阿克塞爾之心的責任。妳不需要一個人苦惱。要是聽懂了，就快點打起精神吧！」

「……嗯，謝謝你們。」

真是美麗的友情。她們三個人相互扶持，跟我們的隊伍完全不一樣。

擁有可靠的夥伴真是令人羨……嗯？她剛才好像說了什麼不能忽略的話。

「等一下，比賽停辦……？」

「對、對呀。現在情況這麼危急，停辦也是沒辦法的事。」

糟了，這下不妙。要是莉亞她們沒有在比賽中奪冠，我就沒辦法還債了……！

不然我們幹嘛那麼辛苦去救她們！

「……我們會儘快想辦法處理丹尼爾的事。畢竟奪走舞者們的夢想是不對的！」

原本打算把後續扔給御劍還有公會的人處理，我們只要旁觀就好，但是現在的情況不容許我們這麼悠哉。

「和真先生……是為了我們……？」

「怎麼能全交給你們。我也要幫忙——」

「妳們真的不用介意。如果妳們真的想為我做點什麼，就在比賽中奪冠吧！」

然後還有幫忙還錢！

「呵呵，交給我們吧！」

「拜託妳們嘍！阿克塞爾之心！這邊就交給我們，妳們好好為比賽做準備吧！」

2

目送阿克塞爾之心回去為決賽練習，我整個人埋進椅子裡。

「看你氣勢十足誇下海口，有什麼對策了嗎？」

「我想想……只要我們比丹尼爾更早拿到那個叫什麼『雅恩格利佩爾』的手套不就得了？這樣應該就有辦法處理古代兵器吧。妳們當然也得幫忙喔？」

儘管我拚命地還債，但這可是我們所有人的債務。

「我知道啦。要是比賽停辦的話，莉亞她們就太可憐了。」

「可是到底在哪裡呢？他們是有提到沃姆山這個地名，但是完全沒聽過那個——」

「喂，你們說的沃姆山，是指那座沃姆山嗎？」

打斷惠惠的話的人是達斯特。

「莫非你知道在哪裡嗎？」

「那是位於北方大地的火山吧。我以前曾經去那裡探險。」

竟然從令人意想不到的地方得到情報，原來達斯特也有派上用場的時候。

「聽你這麼一說，他們確實有提過遙遠的北方。原來你去過那麼遠的地方……對了，你是哪位？」

「我是達斯特啦！我還跟你們一起冒險過耶！和真，如果你想去那裡的話，我可以帶路喔。當然要收費就是。」

「那就麻煩你帶我們去那裡了！之後會給你報酬！」

要是這次的事件解決後，口袋裡還有閒錢的話就付錢。就算這趟沒有成果，我已經請過好幾次客了，即使賴帳良心也過得去。

「好啊，可以。反正我也想暫時離開阿克塞爾一段時間避避風頭。」

「這傢伙又去借錢賭博，現在到處躲債。」

「琳恩——！妳不要多嘴！」

原來如此，我還想說他難得這麼熱心幫忙，原來還有這種打算。

3

「唔喔喔喔喔喔！好冷啊啊啊！早知道這麼冷我就不來了！」

在我們拚命爬上雪山的途中，領頭的達斯特滿嘴不停說著後悔的話。

「你不是之前有來過嗎？怎麼像是第一次來一樣？」

「我當時又不是像這樣慢慢爬……那是很久以前的事，我都忘了！」

達斯特總是泡在酒館裡，是喝酒喝到記憶模糊了吧。真可憐。

「和真先生，你快用Tinder啦！就算只有一點點效果，我也想要取暖！」

「我拒絕。我才不想白白浪費能量。」

「喂，佐藤和真，這可是女神大人的要求喔？不要那麼吝嗇，快回應她的要求！」

「才不要。話說松劍怎麼會在這裡？」

沒人找他卻自己跟來的傢伙，就別那麼高高在上命令別人。

「我是御劍！這種對話到底要重複幾次你才會記住……算了，這不重要。你不是說了嗎？攸關世界的危機是所有冒險者都要面對的問題。那麼你們應該也需要我這個魔劍勇者的力量。」

「是、是啊！這麼說來的確是呢！嗯……戰力確實愈強愈好。而且聽說沃姆山上也有危險的魔物。」

雖然他的臉和態度讓我很不爽，但是實力無疑是貨真價實的。要是遇到什麼危險就全部推給他吧。

「大家看那邊，能看見一座大山的輪廓了。那該不會就是沃姆山吧？」

惠惠用法杖指示的方向，能夠看到一座巨大雪山。

走到現在已經夠累人了，還得爬上那座大山嗎……

「雅恩格利佩爾就在山上的某個地方……感覺要找出來得花費一番工夫。」

「總之我們先以山頂為目標吧！因為寶物擺在山頂可是常識！」

我知道達克妮絲的身體很強壯，但是阿克婭表現得莫名有活力。

小孩和狗看到雪會變得很亢奮，可能就跟那個一樣吧。

「沃姆山上似乎有危險的魔物，會是什麼樣的魔物呢？」

「啊——我記得蔬菜好像很危險。畢竟是長在這種寒冷地方的蔬菜，生命力十分頑強，似乎非常棘手喔。不過也因此很好吃就是了。」

這個世界的蔬菜會襲擊人。家庭菜園培育的蔬菜曾讓惠惠和阿克婭有過慘痛的遭遇。

「我可不想被蔬菜殺掉……大家打起精神前進吧！」

「呼……哈……這座山比想像中還要高。喂，差不多該休息了吧？」

「我同意和真的意見——我們用酒和彼此的肌膚溫暖變冷的身體吧！」

「我們才爬了一小時喔？你們到底想休息幾次啊。再這樣下去實在前途堪憂……」

真不想與體力怪物達克妮絲相提並論。

「嗯？那個飛在天上的東西是……」

惠惠的發言讓我們看向天空，只見一隻飛龍從空中飛過。

「啊！那兩個傢伙騎在飛龍背上！那隻飛龍……不就是擄走我和莉亞的那隻嗎！」

「唔！騎小龍抄捷徑真是太卑鄙了！現在不是拖拖拉拉的時候，快點追上去吧！」

御劍撥開積雪往前走，但是我卻停下腳步。

「不，那樣太累了，還是算了吧。」

「你、你還有閒情逸致說這種話！這不是攸關世界的命運嗎！」

「喂，惠惠。妳試試看用爆裂魔法攻擊那隻飛龍。我們現在位於他們的視線死角，應該打得中吧。」

他們雖然在移動，但只是筆直往前飛，應該很容易打中。

「飛在天空時，難以應付下方突如其來的襲擊……應該是這麼回事吧。說不定真的能打中喔。」

達斯特望著天空隨口說道。

「……這樣不會太卑鄙嗎？」

御劍好像說了什麼，但是我不想聽。

「我要出招了……『Explosion』——————！」

一道光芒就這麼飛向飛龍，惠惠施放的爆裂魔法漂亮地命中了。

「喔——中了中了。」

「很不錯嘛，爆裂女孩。」

挨了一發爆裂魔法的丹尼爾和查理就此被炸飛，落在遠處——

「很好，幹得漂亮，惠惠。」

「毫不猶豫就偷襲對方……」

「在這種時候當機立斷正是和真厲害的地方。」

喂喂，達克妮絲，不要那麼誇我啦。

「厲、厲害？是不是和糟糕搞錯了……？」

「和真和真，我動不了了，揹我。」

惠惠這次的表現非常出色，我很樂意揹著她走。

「那就由我來揹妳吧。來，安心地到我背上——」

御劍特意背對著她蹲下。

「啊，不用麻煩了。和真，快一點，地上很冷。」

惠惠想也不想就拒絕他。

看到帥哥遭到無視真是痛快。

「好好好，喲咻。」

「竟然不是選我……而是選了佐藤和真……？」

「呀哈哈哈哈！居然輸給和真，太可悲了。」

我們不顧被達斯特嘲諷，大受打擊僵在原地的御劍，再次朝沃姆山的山頂前進——

儘管沒有出現怪物，我們依然辛苦地應付接二連三從土裡竄出來的野生蔬菜，漸漸接近山頂。

「我沒辦法接受蔬菜竟然會來找麻煩！」

「我才不要被蔬菜殺掉！」

「大家趁我使用『Decoy』吸引它們的時候攻擊……！開始嘍……『Decoy』！」

達克妮絲張開雙手使用技能的同時，在場的所有蔬菜全都對著她飛去——

「啊啊啊啊啊啊啊啊啊啊啊啊啊！」

「趁著達克妮絲吸引它們的時候攻擊！」

「竟然讓女性當誘餌……！我會立刻打倒它們！」

御劍不用慌張喔。

「啊啊，又能體驗那天在阿克塞爾被高麗菜打掉盔甲的興奮了……！」

你看吧。

4

「呼……終於解決了。達克妮絲，妳還好吧？」

「雖然高麗菜的感覺也不錯，但是堅硬的根莖類蔬菜更是讚。好棒……感覺實在太棒了，呵呵呵。」

擊敗那些蔬菜後，我們暫作休息。

惠惠和阿克婭把打倒的蔬菜扔進火堆裡，作起豪邁的烤蔬菜。這些蔬菜既新鮮又強悍，看起來非常美味。

「真是的，還這麼悠哉。明明剛才差點就被蔬菜殺掉……」

話雖如此，我們確實正好需要好好休息一下取個暖。

就在我們享受剛烤好的蔬菜溫暖身子之時——

「丹尼爾大人，找到了！是他們！」

渾身是傷的二人組出現在不遠的地方，伸手指著我們。

「還以為吾之爆裂魔法已經宰了你們，真是頑強呢。」

「嗯，竟敢擊落我們的飛龍……害我們不得不用走的。」

被爆裂魔法直接命中還從那麼高的地方掉下來，竟然還活得好好的，也太耐打了。

「你們就是丹尼爾和查理嗎……我不會讓你們繼續前進了。就由我這個魔劍勇者御劍來當你們的對手！」

「加油！勇者大人！真不愧是勇者大人！勇者大人好厲害！」

「佐藤和真……聽到你叫我勇者真是令人煩躁。」

「和真只要發現能夠輕鬆的機會，就會輕易捨棄自尊呢。」

這是理所當然的啊，惠惠。

「喔……你就是那個有名的魔劍格拉墨的持有者啊。」

「正是如此。只要有我在，你們就別想繼續前進！嘗嘗我曾經殺死遠古巨龍的劍技吧！

看招……喝啊啊啊啊啊！」

御劍高高躍起，手持格拉墨朝丹尼爾牠們揮下。

好——！就這麼打倒牠們！要不然兩敗俱傷也可以！

「喔……哎呀，這個劍技確實很有一套。」

「要是結結實實挨上一記……嗯？」

避開格拉墨一擊的丹尼爾大感佩服，至於查理則是驚愕無比。

「怎麼了……地面在晃動……？」

御劍握著插入地面的格拉墨，緊盯腳下的動靜。

喔，是地震嗎？好像搖晃得挺厲害的。

「喂，這附近的地層很容易崩塌，最好不要用威力強大的招式喔。」

達斯特好心出聲提醒，同時拉開距離。

「達斯特先生，謝謝你告訴我。不過……如果可以的話能不能請你早點說啊啊啊啊啊啊啊！」

格拉墨砍中的地面崩塌，御劍和丹尼爾牠們一同往山麓跌落——

「唔哇啊啊啊啊啊啊！」

「這、這是……看來是你們技高一籌……」

「唔！各位，我不會有事！別管我快前進吧！」

太幸運了。我們藉由御劍的犧牲，讓丹尼爾和查理就此退場。

「我知道了！」

「別管他了，我們先走吧。」

正如阿克婭和惠惠所說，我們完全不在意他。

「雖然這些話不該由我來說……你們好歹擔心一下啊啊啊啊！」

5

過了不久太陽下山，我們決定今晚在山腰露宿一晚——

「多虧了新鮮蔬菜，我的魔力也恢復得差不多了。」

儘管那些凶惡的蔬菜美味異常，總是讓人覺得有點火大……

我在距離大家一小段距離的地方搭帳篷時，阿克婭悄悄來到我身旁。

「欸，和真。我從之前就一直在想一件事。」

阿克婭忸忸怩怩地來找我搭話。

「怎麼，想上廁所嗎？天氣冷確實會常跑廁所呢。妳就去附近的草叢解決吧。」

「不是啦！是那個古代兵器的事……」

「名字是叫雷霆戰鎚和雅恩格利佩爾手套吧。怎麼了嗎？」

「那個呀，我覺得好像有聽過這兩個東西的名字。然後爬山的時候就一直在拚命地回想。」

之前只見她一直用奇怪的表情看著天空，原來是在想這個。

「然後呀，我想起來了！那兩個東西是我以前交給轉生者的作弊道具！那是很久以前轉生到這裡的人，所以我完全忘了。」

「喔——這樣啊。」

阿克婭似乎很想要我誇獎她好好回想起來這件事，雙眼炯炯有神地看著我。

我用笑容回應她的期待，對她招了招手。

接著毫不猶豫地朝靠過來的阿克婭的頭——狠狠揍下去。

「好痛——！你做什麼啦！」

「妳是笨蛋嗎！為什麼這麼重要的事現在才想起來！我還在想那個復活條件也太莫名其妙，聽妳一說我就懂了！妳給人家的作弊道具被別人利用了，就是這麼回事吧！」

「可、可是呀！除了一開始的擁有者，其他人沒辦法用那個魔道具喔！我為了不讓別人使用，還特地設下特殊的使用條件耶！」

見到阿克婭一副自信滿滿自以為是的模樣，我用食指不停戳著她的額頭。

「然、後、妳、讓它復活了啊！」

一切的起源就是這傢伙啊！

魔王軍的儲備幹部會得到古代兵器，進而得以使用那個東西，這一切毫無疑問全都是阿克婭的錯。

為什麼我每次都要處理這傢伙製造的麻煩事！

就在我抱著頭發牢騷時，草叢的方向傳來聲響。

抬頭望向草叢，見到一頭沾滿白雪的黑髮從裡面冒了出來。

「……太好了，終於趕上你們了。」

「「「莉亞？」」」

意想不到的人物出現在我們的面前，大吃一驚的我們不禁異口同聲。

「妳怎麼會在這裡……」

榭蘿和艾莉卡沒有一起來嗎？她竟然自己一個人追上我們。

「……我在那之後想過了，還是覺得這件事不能全丟給你們。古代兵器會復活，話說到底都是我的責任。」

「我就要妳不用介意了吧？妳更應該把心力放在比賽上，努力練習拿下冠軍——」

「我就是為了奪冠而來的。要是我沒有被擄走，這一連串的事件就不會發生……我一想到這個就沒辦法集中精神準備比賽。」

我知道她的責任感很強，卻沒想到竟然強到這種程度。我都想讓阿克婭她們好好向莉亞學習了。

「所以和真，可以的話請帶我一起去。在心有顧慮的狀態沒辦法專心面對比賽……」

「……好吧。畢竟妳都追來這裡了，我也不可能趕妳回去。大家一起齊心協力，一定要讓雷霆戰鎚失去作用。然後讓比賽順利舉行！」

沒錯，這也是為了償還龐大的債務……！

隨著新隊員莉亞加入隊伍，沃姆山的夜晚更深了。

6

之後我們一路順利地接近沃姆山的山頂。

「都走了這麼久，還沒到山頂嗎？感覺路上遇到的蔬菜變得更強了……」

「真是的，我的腳又痠又痛耶。我們現在爬到哪裡了？」

「應該差不多快到山頂了……只差一點點，加油吧。」

我和阿克婭滿嘴抱怨。

莉亞則是與我們相反，沉默地不停前進。

「希望能就此一口氣爬到山頂，搶先找到雅恩格利佩爾。」

達克妮絲加快腳步，與莉亞並肩行走。

「關於這件事……即使我們之後順利拿到雅恩格利佩爾，又該怎麼處理呢？」

「我覺得最好是毀掉……不過那是連雷霆戰鎚的雷擊都能承受的堅韌手套，能不能摧毀也是個問題。」

我才不會跟大家說在莉亞提起之前，我完全沒考慮過怎麼處理。

「哈哈哈！那就用吾之爆裂魔法試著破壞吧！」

「妳住手。我有股不祥的預感。」

「你說什麼——！」

況且要是讓她在雪山山頂施放爆裂魔法，很有可能引起雪崩。

「那麼最好的做法還是把手套收在丹尼爾牠們拿不到的地方保管吧？王都城堡裡的寶物庫如何？想必王都的警備會比阿克塞爾森嚴。」

既然是阿克婭送人的東西，交由阿克婭加以封印應該就沒事了，但是回顧這個事件的始末……嗯，還是算了。

「嗯，那是最實際的解決方法吧。王都那邊就麻煩妳交涉了，拉拉蒂娜大小姐。」

「別、別叫我拉拉蒂娜！」

說著這些話的同時，我們一步步接近目的地，數個小時後終於抵達山頂——

「呼……哈……啊啊累死了。空氣好稀薄！」

「和真先生加油吧。不過你本來就是家裡蹲尼特，體力差也是沒辦法的事……」

「我、我才不是家裡蹲尼特！而且我和你們幾個上級職業不一樣，只是個能力值很普通的冒險者！」

「既然是用來控制古代兵器的魔道具，肯定是非常帥氣的魔道具吧。好期待啊！」

我們很想找到這趟旅程最關鍵的雅恩格利佩爾，但是那個東西到底在哪裡？

放眼望去全都是雪、雪、雪。

「哼哈哈哈哈！我們終於追上了！」

這個聲音是……！

「呼……呼……竟然拋棄被捲入崩塌的夥伴，真是群過分的傢伙！你們這樣還算是人類嗎！」

丹尼爾與查理登場了。

「看樣子你們應該還沒找到吧。很遺憾，你們已經沒有時間了。讓開吧。找出雅恩格利佩爾的將會是我們。」

丹尼爾向前跨出一步，達克妮絲也隨即擋在牠面前。

「我們怎麼可能乖乖讓路。如果你無論如何都要過去，就用那把武器的雷擊攻擊我吧。我還是第一次體驗被電的感覺……啊啊，我的身體究竟能撐到什麼地步呢！」

達克妮絲想像著嶄新的快感，渾身扭動起來。

「不不不，就是因為雷擊對身體的負擔太大，我才會來拿雅恩格利佩爾……讓開。」

「到此為止！離阿克婭大人他們遠一點！別以為你們能這麼輕易逃離魔劍格拉墨！在這裡一決勝負吧！」

御劍在我們陷入危機時出現了。他是一路追趕著丹尼爾牠們嗎？

「你要更努力攔住牠們啊！連拖延時間這點小事都做不到嗎，勇者大人？」

「對呀對呀，這不是害我們被追上了！」

「唔唔唔唔！佐藤和真！就連阿克婭大人……」

可能是受到一路疲憊的影響，他把魔劍格拉墨當成拐杖，好不容易才撐起身子。

「由身為敵人的我來說這種話可能有點怪，但是他以凡人之身追趕我們到這裡已經很了不起了，你們是否多少對他好一點……嗯？」

我們的腳下突然傳來劇烈晃動。

我原本以為丹尼爾幹了什麼，但是這個突發事件似乎也讓牠們大吃一驚。

「這、這個震動是怎麼回事……？那、那是！」

積雪之中飛出一個巨大的物體，彷彿在呼應惠惠的驚呼。

那是個球體，綠色的表皮有著網狀紋路，並且散發甜美濃郁的香氣。

「未免也太大了吧！不、不會錯，那是就連王族也很難取得的頂級哈密瓜！」

又出現莫名其妙的傢伙了！我受夠這個異世界啦！

「就用吾之魔法把它燃燒殆盡吧！」

「等等，爆裂女孩。這可是頂級的哈密瓜喔，要是能毫髮無傷捉起來，應該能賣個很好的價錢吧？」

達斯特的話語讓進入備戰狀態的我停下動作。

達克妮絲也有提到就算是王族也很難取得……

「好，捉活的！不可以用爆裂魔——」

「『Explosion』——！」

「喂！」

完全不聽人說話的惠惠施放一記爆裂魔法，使得整個山頂都籠罩著爆焰。

頂級哈密瓜豈止失去原本的模樣，根本沒有留下絲毫能吃的部分，就此灰飛煙滅。

「唔喔！果汁……嗯，味道真棒！」

達斯特舔了從天而降的果汁，顯得非常感動。

「竟然炸掉它……拜託妳稍微聽人說話好不好！」

「既然打倒它了，不是挺好的嗎？」

用盡魔力的惠惠一臉滿足地倒在雪地上。

最主要的攻擊手段爆裂魔法居然用在這個時候！

不管這傢伙了，讓她繼續躺著吧。

「地上很冷，快點揹我。度過難關都是我的功勞。這麼一來大家就能放心去找雅恩格利佩爾──」

「很可惜，你們慢了一步。」

沉著的聲音讓我轉頭望去，發現咧嘴發笑的丹尼爾手上戴著黑色手套。

「你戴在手上的那個，該不會是……！」

「丹尼爾大人，我們成功了！」

「唔……居然趁我們被哈密瓜吸引注意力的空檔……你們太卑鄙了！」

丹尼爾朝著情緒激動的御劍輕輕聳肩。

「竟然被你們說是卑鄙，真是令人遺憾。看啊，我終於得到心心念念的雅恩格利佩爾！雷霆戰鎚現在就要展現真正的力量……！」

「丹尼爾已經能夠自在操控在城堡見到的雷電之力，這下沒有勝算了……各位！我們暫時撤退！」

「哼哈哈哈哈！你們一次又一次妨礙我，難道覺得我會輕易放你們走嗎？低鳴吧，閃電！」

「咦？等、等等！呀啊啊啊啊！」

閃電猛然襲向光是站著就竭盡全力的惠惠。

「惠惠！危險！嗚啊啊啊啊啊啊啊！」

「莉亞！」

出自雷霆戰鎚的多道雷電之一襲向莉亞的胸膛——

「和真！和真！怎麼辦！莉亞……她為了保護我！」

我推開陷入慌亂的惠惠，跑到莉亞身邊。

「莉亞！喂！莉亞！振作啊！睜開眼睛！」

「啊、啊啊……我沒有傷害莉亞的意思……」

發動攻擊的人似乎沒有預料到莉亞會挺身而出，反而顯得最為動搖。

「喂！她沒呼吸了！」

「阿克婭，快點過來這裡！快！」

沒問題的，只要有阿克婭就有可能復活！

「怎麼會這樣……莉亞……死了？」

絕望至極的丹尼爾當場跪下。

「嗚哇啊啊啊啊啊！我……我怎麼會做出這種事！我竟然殺了自己推的舞者，根本是前所未見的大失敗！我不行了，還是自盡吧……」

只見眼神空洞的他站起身來，打算用雷霆戰鎚砸向自己的腦袋。

「丹尼爾大人，請冷靜下來！」

查理也十分慌亂，但是我們沒有閒工夫理會牠們。

「唔！好不容易得到能操控雷霆戰鎚的力量，但是丹尼爾大人這個樣子實在太不利了……暫時撤退！」

查理抱著不想動的丹尼爾逃走了。

丹尼爾牠們就此撤離，雷霆戰鎚的威脅也隨之而去。

「嗚嗚……連個夥伴都沒辦法保護，我算什麼勇者！我……不配當勇者……！」

在場只有御劍沮喪萬分，難過至極。

「『Resurrection』——！」

阿克婭的手一揚，柔和的光芒便籠罩莉亞。

「唔……這裡是……？」

「喔，復活了。妳就只有魔法厲害呢。」

「喔——原來我也是這樣復活的啊。」

曾經體驗「Resurrection」的我和達斯特以稀鬆平常的態度面對眼前的光景，惠惠和達克妮絲也是司空見慣，所以反應和我們一樣。

「咦……？」

只有御劍是第一次見識，因此驚訝地張大嘴巴。

「只要交給我，這種小事很簡單啦！畢竟我可是女神啊！」

「真、真不愧是阿克婭大人！您果然是女神大人！」

御劍親眼目睹了奇蹟，那副阿克婭瘋狂信徒的態度更加惡化。

「莉亞，妳還記得自己的名字嗎？妳知道這裡是哪裡嗎？」

「…………」

莉亞即使被叫到名字也沒有反應，只是眼神呆滯地望向空中。

「……等一下。她的樣子怪怪的。我再問一次。妳知道這裡是哪裡嗎？」

我在反應遲鈍的莉亞面前伸出食指左右晃動。

然而她的眼睛仍舊盯著別處。

「……我想起來了。」

莉亞突然開口了……她的狀況是不是不太妙啊？

「啊！妳該不會恢復記憶了吧？」

記憶？阿克婭一臉心領神會的表情，她到底在說什麼？

「這是我們一起被抓走的時候，莉亞告訴我的。她說她沒有兩年以前的記憶。」

聽阿克婭這麼一說，我也就想起來了，以前我問莉亞為什麼要當舞者時，她曾說過沒有記憶。

「沒錯，我全都想起來了……我想起自己在這個世界的理由了……！」

莉亞滿心歡喜地說道。這下該不會是復活失敗吧？

……姑且先試著配合她的話。

「妳說這個世界……？」

莉亞靜靜點頭，來回看著我和阿克婭。她的眼神彷彿是在注視懷念的事物——

第六章

1

在沃姆山上被丹尼爾奪走雅恩格利佩爾之後過了幾天。

我和阿克婭等人一起待在阿克塞爾之心居住的獨棟住宅大廳，商量未來該怎麼辦。

「丹尼爾牠們理應已經自在掌控雷霆戰鎚的力量，真是安分呢……」

「他們既沒有發動攻擊，也沒有在其他城鎮作亂的跡象。雖然他們毫無動靜很值得慶幸，同時也讓人很不放心。」

「莉亞死掉的時候丹尼爾大受打擊，是不是到現在都還沒振作起來？」

儘管並非希望他們作亂，但是絲毫沒有動靜也很讓人不安。

「不論理由是什麼，幸虧丹尼爾這麼安分，在王都舉辦的舞者競賽決賽應該能夠如期舉行吧。」

我將話題引向一直靜靜聆聽的艾莉卡和樹蘿。

「是這樣沒錯……但是我們遇到一個問題。」

「問題？」

「距離決賽當天已經沒剩幾天了……莉亞卻窩在房間裡不出來。」

「其實我們很想再稍微練習一下，但是不曉得該怎麼辦……」

莉亞從那天開始就很沉靜……應該說變得幾乎不和人說話，把自己關在房間裡。我對於原因多少有點頭緒。

「……莉亞在沃姆山上恢復記憶之後就變得很奇怪呢。她的狀況還好嗎？有沒有好好吃飯？」

聽到阿克婭的話，感覺她就像留在故鄉擔心女兒過得好不好的母親。

「她的食欲好像很正常。只要把飯菜放在門口，等我們注意到的時候，吃完的空碗盤就會擺放在門外。」

「另外她還會趁我們不注意的時候出來上廁所，如果有想買的東西，也會寫信放在門外……」

……只是單純的家裡蹲嘛！

該怎麼說，聽起來就像過去的自己一樣，內心一陣酸楚……

「小莉都變成那樣了，我們只能退出決賽——」

「那樣不對！妳們都努力到現在了……怎麼能輕易放棄！」

我可是把獲得冠軍獎金十億艾莉絲的期望都賭在阿克塞爾之心了！你知道為了這個目的，我們花費了多少苦心嗎！尤其是我！

「就算你這麼說，我們也沒辦法——」

艾莉卡沮喪地用幾乎聽不到的聲音低聲說道。

「聽好了，能夠晉級決賽的，只有在各地預賽中勝出的八組團體。妳們可是肩負了好幾千組舞者團體的夢想啊！」

「啊！」

艾莉卡和榭蘿都以驚訝的表情看著我。

「為了那些無法圓夢的舞者團體……妳們有義務要在決賽的淘汰賽中，展現出最棒的表演！」

「你、你說得對……我們只有顧慮到自己。和真先生好厲害……」

我也一樣只顧著自己就是了。

「也讓身為製作人的我，見識妳們在決賽中發光發熱的模樣吧！」

「「是的！製作人！」」

艾莉卡和榭蘿的眼神充滿熱情，很有精神地回答。

她們兩人都很天真純樸，和我們隊上三人完全不同，真是太令人感激了。

「……幹嘛？怎麼一臉有話想說的樣子。」

「沒什麼。」

惠惠察覺到我的視線，嘟著嘴望了過來。

「製作人……？難道是和真來了嗎？」

這時傳來開門聲，莉亞從房裡走了出來。

她看起來沒有生病，氣色似乎也不錯。

「莉亞也感受到了和真的熱情呢……！」

艾莉卡喜極而泣。

看來我慷慨激昂的發言有了作用。

「小莉，已經快到決賽了。我們一起練習吧！」

「練習啊……在那之前，我有重要的事要和阿克婭還有和真說。你們可以過來我的房間嗎？」

「和真……還有我……？」

我和阿克婭露出打從心底感到嫌惡的表情。

之前曾經幫忙打掃莉亞的房間，現在再次充滿垃圾。我和阿克婭一邊確認落腳處，慢慢踏入房中。

果然變成這樣了。所以我才不想進來啊！

「為、為什麼一定得在這間房間說呢？」

「這個嘛，因為是很重要的事。而且我不想讓你們兩個以外的人聽到……」

祕密啊……那麼至少讓房間換氣一下。

「原來如此……我知道了。妳想加入阿克西斯教，所以想讓我們幫妳牽線吧！」

「不可能的。」

聽到我說得斬釘截鐵，阿克婭便張牙舞爪朝我抓來，於是我認真抵抗。

「……我回想起來了。」

莉亞即使見到我們鬧成一團也不受影響，依照她的節奏說下去。

「啊啊，妳的記憶恢復了。這樣不是很好嗎？」

「莉亞的家人和朋友也很擔心妳吧。有和他們聯絡嗎？」

「……我的親人不在這個世界。」

「不在這個世界……？」

我不禁對這句話起了反應。

「我就直說了。我是從日本轉生到這個世界的。」

阿克婭雙手一拍，不住地點頭。

「哎呀，我就知道！其實我一直覺得好像曾在哪裡見過妳——咦咦咦咦咦咦咦咦咦咦咦！」

「咦咦咦咦咦咦咦咦！」

聽到阿克婭大聲驚叫，我也忍不住叫了出來。

「我是從日本轉生到這個世界的。」

「真的假的！不過莉亞的頭髮確實是黑色，說是日本人也不奇怪……」

這麼說來她的長相也很像日本人。

這個世界裡有各式各樣的髮色和臉型，其中也有人長得和日本人差不多。

「從佐藤和真這個名字來看，和真應該也是如此吧？所以我才決定跟你說出真相。然後，阿克婭……不，阿克婭大人。您是貨真價實的女神吧？我似乎在轉生時見過您。」

「……啊——對對對！有有有！我記得妳喔！我怎麼可能忘記這麼重要的事呢！」

阿克婭用力點頭。

這傢伙絕對忘了……

「可是我們都這麼熟了，叫我阿克婭大人我會害羞啦。和平常一樣直接叫我阿克婭就好了。」

「……好的，那我就恭敬不如從命。」

儘管驚人的事實讓我無比詫異，但是這件事總算告一段落。

……咦？既然這樣的話……

「恢復記憶不是很好嗎？為什麼窩在房間裡不肯出來？」

「……我一直在煩惱，不曉得是否應該繼續當舞者。我可以稍微說說我的往事嗎？」

見到我和阿克婭靜靜點頭，莉亞便把布偶金次郎放在身邊，用嚴肅的表情開口──

「我在日本的時候，原本就有從事偶像活動。」

「咦？是這樣嗎！順便問一下，妳當時的名字是什麼？」

如果她是知名偶像團體的成員，等一下跟她要簽名吧。

「就算說了名字你也不會知道。因為我只是一個大團體的其中一員罷了。」

不久之前很流行人數很多的偶像團體，莉亞就是其中的一分子。

「當時的我是實習生，接受公司的培訓，能夠正式出道時真的很開心……」

莉亞似乎想起懷念的回憶，露出有些寂寞的笑容。

「所以莉亞才那麼擅長唱歌跳舞呀。」

「不過某一天，我的喉嚨生病了……變得再也沒辦法唱歌。就在我大受打擊陷入沮喪時，又禍不單行遇上交通事故……於是轉生到這個世界。」

「……和我一樣呢。」

原來她和我一樣，有過難受的過往。

「嚴格來說，和真先生不是死於交通事故，是誤以為自己被卡車輾過，嚇到休克死掉的就是了。」

「妳太過分了！」

這種時候不要多嘴才是溫柔的表現吧！

「嗯……我繼續說嘍？」

看到莉亞一臉正經地清了清喉嚨，我和阿克婭也端正姿態。

「轉生以後最讓我開心的事，就是我又可以唱歌了……我真的很想和過去一樣唱歌、跳舞。」

那打從心底露出笑容的側臉，讓我不禁看得入迷。

「但是我是轉生者……肩負打倒魔王，拯救這個世界的使命。我高中時參加薙刀社，所以我才成為槍兵，逐步提升自己的等級。」

原來她會用槍的理由，是因為她以前是薙刀社啊。

莉亞和我不一樣，是真心將討伐魔王當作自己的責任。真令人敬佩。

「與和真先生不一樣，妳真是了不起。」

確實是這樣沒錯，但是出自阿克婭之嘴就讓人很火大。

「但是──」

莉亞的表情為之陰沉。

「某一天，我在搭乘馬車時遭到怪物襲擊，因此被甩出馬車，墜下懸崖。之後便忘記自己的名字，也忘記自己是來自日本的轉生者……在那之後過了不久，我遇到立志成為舞者的榭蘿和艾莉卡。」

我覺得自己在異世界的生活已經夠辛苦了，原來莉亞也有過一段波瀾壯闊的經歷。

「儘管失去記憶，身體依然記得怎麼唱歌跳舞。榭蘿和艾莉卡看到我的歌舞後，就邀請我一起組團。當時的我欣喜若狂，因為她們是我來到這個世界後首次結交的夥伴……」

她是在失憶時認識榭蘿和艾莉卡的啊。

……會不會和我認識那兩個傢伙的經歷相差太多了？而且我的身邊還附帶一個沒用的傢伙。

我看了阿克婭一眼……用力嘆氣。

「咦？怎麼了？為什麼要嘆氣？」

我也想在異世界來一場正經的邂逅！

「原來如此，妳還發生過這種事啊……」

「這麼說來『莉亞』這個名字是在失憶之後取的吧？妳的本名叫什麼？」

「本名已經不重要了，我也習慣現在的稱呼了。然後我最煩惱的是……我應該繼續當舞者嗎？」

她就是在煩惱這件事，最近才會那麼奇怪啊。

「妳不想當舞者了嗎？」

「我當然想！可是我是轉生者……總覺得自己必須儘快動身打倒魔王……」

這樣啊……我可是從來沒有煩惱過這種事！魔王交給御劍那種傢伙去解決就行了。

「妳真是太棒了！居然這麼努力去達成我授予的勇者使命！」

阿克婭被莉亞的一番話所感動，開心到雙眼放光。

然後不知為何斜眼看過來……不要看我。

「不過呢，竟然要以那麼難過的表情努力，感覺不太對呢……莉亞真正想做的事到底是什麼呢？」

「我想做的事……？」

「汝若為某事煩惱，則該享受當下。往自在之處飄蕩而去……不須壓抑自身的想法，朝心之所向前進吧！」

「……！」

莉亞的表情稍稍開朗了一點。

儘管這是阿克西斯教荒唐的教義，似乎打動了莉亞的心。

「呵呵，這是阿克西斯教偉大的教義喔！」

「阿克婭……」

「由我這種每天只想和平度日的人來說可能沒什麼說服力，不過既然女神本人都這麼說了，先做自己喜歡的事也沒關係吧？妳在從事舞者這行時得到夥伴，之後還認識了我們。而且榭蘿和艾莉卡也說想和莉亞一起跳舞喔？」

總之得先讓她重新振作鼓起幹勁，否則只會停滯不前。

「妳能做的就是趕快離開房間讓榭蘿和艾莉卡放心……然後在競賽拿下冠軍！」

「和真……！」

莉亞用澈底恢復生氣的眼神直視著我，緊緊握住我的手。

很好，這麼一來償還債務也不是夢！

2

在榭蘿和艾莉卡的支持下，重新振作的莉亞參與了之後的練習，過著忙碌的日子。時光飛逝，終於來到舞者競賽的決賽當天。

為了多少活絡一下會場的氣氛，我也帶著阿克婭、惠惠、達克妮絲來到這裡。

「妳們知道今天是來做什麼的吧？要幫阿克塞爾之心加油喔！」

「我知道啦！比賽的規則是採取淘汰制，她們要在這裡現場表演對吧？得好好替她們加油才行！」

「結果丹尼爾直到今天都沒有出現，讓人感覺不太對勁……不過現在還是先以比賽為重！」

「來吧，讓我們好好炒熱比賽首日的氣氛！我要讓王都裡的所有人都知道吾之爆裂魔法的威力！」

「拜託妳去城鎮外面施放。」

我拋下待在會場觀眾席的三人，獨自前往休息室。

所有參賽者共用的大房間裡充滿緊張的氣氛，不論哪組參賽者看起來都很厲害。至於最重要的阿克塞爾之心——氣勢絲毫不輸給周遭眾人。

似乎因為至今的經驗起了作用，她們雖然緊張，但是看起來並不怯場。

「對於妳們三人來說，今天就是要澈底展現成果的日子。至今為止的嚴酷訓練絕對不是白費！讓大家好好見識妳們的實力吧！」

我開口激勵她們三人。

「不用你說！我一定會讓大家明白我是最可愛的！」

「嗚嗚，怎麼辦，有好多男生……我、我得注意一點，以免不小心就揍人……」

「真的拜託妳了。要是引發問題不戰而敗，那可不是開玩笑的。」

幸好參賽者都是女生，要是有男團參賽的話，我會擔心到沒辦法放心觀戰。

「為了榭蘿和艾莉卡的夢想……我也會盡全力唱歌的！」

阿克塞爾之心圍成一圈，為彼此加油打氣。舞者競賽馬上就要揭開序幕——

3

「好了，終於到決賽了……我們先來複習一下決賽的規則吧。」

比賽開始之前，我在休息室再次對阿克塞爾的三人簡單說明規則。

首先由闖入決賽的八組團體兩兩對決，接著晉級的四組團體以循環賽的方式選出最終勝利者。

說明完畢之後，告訴她們最後就是在正式上場前好好養精蓄銳。彷彿是事先算好時機，達克妮絲在此時打開休息室的門，四下張望。

「喂，和真在嗎？我有事要找你商量……」

「達克妮絲？怎麼了嗎？怎麼這麼突然。」

「剛才城裡的人聯絡我了。他們說要討論丹尼爾的事，和真也一起去吧。」

「……我明白了。馬上過去。」

這件事同樣重要，不可忽視。

「就是這樣，妳們幾個，我有些事要處理所以先離開了。我會在妳們表演前趕回來，妳們繼續備賽吧。」

4

被叫到城裡的我和達克妮絲，聽聞王都方面的詳細調查結果——

「感謝兩位在百忙之中抽空前來。我會簡潔說明，請容我占用一些時間。」

我們被帶到城堡裡的一個房間裡，一名像是國王隨從的人對我們述說情況。

「首先很感謝各位日前的報告。你們提供了可能招致國難的古代兵器，即及使用者的相關情報，真是萬分感謝。」

「嗯。雖然我們盡力阻止過了！但是仍然慢了一步，被他們搶先完成儀式！」

我絕口不提會變成這樣的部分原因在於我們。

「非常抱歉。那場儀式會成功是因為我的夥伴——」

達克妮絲正想老實道出真相，被我連忙堵住了嘴。

為什麼這傢伙會傻傻地想說出來啊！

「達克妮絲！我的話才說到一半，這裡就交給我這個隊長！」

別、別鬧了！不要用怪力反抗！

「和真，你……哈唔！」

我悄悄使用「Drain Touch」吸取她的體力，讓她沒有力氣再鬧下去。

絕對不能讓別人知道儀式成功是因為阿克婭。否則可能會被迫賠償損失……

「請問……我可以繼續說了嗎？咳咳……目前王都已經派出密使獨自進行調查。根據調查結果，我方判斷前魔王軍儲備幹部丹尼爾是個極其危險的人物……因此決定發布五億艾莉絲的懸賞金通緝他。」

「五、五億艾莉絲……！」

「由於和真先生有過打倒魔王軍幹部的實績，因此我方也想委託您討伐丹尼爾……」

也就是說，只要阿克塞爾之心獲得冠軍，我們又打倒丹尼爾的話，還清債務之後還會有剩！這樣就能擺脫貧窮的生活，一口氣變成大富翁……！

「呵呵呵……這件事儘管交給葬送了數名魔王軍幹部的佐藤和真我吧！」

5

「雖然丹尼爾最近很安分，不過果然是個危險人物。我們必須儘早打倒牠……！」

「是啊。而且還能拿到五億……話雖如此，現在最重要的還是舞者競賽！」

我一邊妄想燦爛的未來一邊回到劇場，懷著愉快的心情打開休息室的門。然後很有精神地對她們打招呼。

「各位──我回來了──妳們準備好了嗎──？」

「「「…………」」」

回應我的只有沉默。

怎麼三個人都一臉沉重？還在緊張嗎？

「嗯？喂，妳們三個，比賽已經快開始了吧？不用去換裝嗎？」

「和真……不好了！」

莉亞靠了過來，用焦躁的神情說道。

「不好了？什麼事不好了？」

擠開莉亞靠過來的榭蘿回答我的問題。

「我們的服裝……全都不見了！」

「這樣喔，服裝咦咦咦咦咦！」

所以才沒有人去換裝啊！

「和真，怎麼辦！不見了！到處都找不到我們超可愛的服裝！」

「艾莉卡，妳冷靜一點！總之先回想一下！是不是不小心忘在別的地方，或是交給誰保管了？」

「怎麼可能！因為我剛剛才把裝有服裝的袋子放在牆邊！」

也就是說，服裝是在幾分鐘前不見的嗎？

「是有人在惡作劇嗎？還是被粉絲拿走了？啊——真是的！既然這樣了，妳們乾脆直接上場！」

儘管會降低評審和觀眾的評價，至少好過不上場。

「不行，主辦方只接受參賽者事前登記的服裝。雖然很遺憾，不過要是找不到就只能棄權——」

「棄權？我們看不到莉亞妳們表演了嗎？」

背後突然傳來惠惠的聲音。回頭一看，發現原本應該待在觀眾席的兩人。

「是惠惠和克莉絲啊。妳們怎麼會來這裡？」

「本來想在正式開始前來替妳們打氣……難道真的無計可施嗎？」

「就算妳這麼說……惠惠就算了，怎麼連克莉絲也來了？」

「我只是在觀眾席遇到惠惠，然後陪她一起過來。」

「克莉絲好像對和真正在做的事很感興趣喔。」

真令人意外。我還以為克莉絲是不喜歡成為矚目焦點的那種人。

儘管身材乍看之下會誤以為是男的，不過外貌卻是美少女。嗯，她是現在的阿克塞爾之心沒有的人才。

感覺她的外表很適合發展女性客群。

話說這個世界的女孩子也會對成為偶像懷有憧憬嗎？

「好，我明白了。我現在很忙，今晚再來面試妳吧。」

「咦？話題怎麼往奇怪的方向偏了！我感興趣的是和真擔任製作人的做法！感覺可以賺很多錢。」

什麼啊，原來她感興趣的是這個。

啊，對了！克莉絲是盜賊，這下正好。

「克莉絲，不好意思，稍微幫個忙吧。」

「還真是突然。是要我幫忙你們剛剛談論的服裝不見的事吧？嗯，可以喔。畢竟來都來了嘛。」

6

「依照留在現場的足跡，偷衣賊應該是往這個方向逃了。」

克莉絲在街上小跑著，我則是跟在她的後面。

「妳連這種事也看得出來嗎？真不愧是同行。」

「才不是，盜賊和小偷是有區別的！我們現在追的是小偷……不過真奇怪。」

「有什麼奇怪的？」

我和惠惠也有同樣的疑問。哪裡奇怪了？

「足跡還有行動的軌跡都很奇怪……怎麼看都不像人類……」

不是人類？既然如此說不定是——

「喔，看到了！那不就是莉亞她們的衣服嗎！」

惠惠伸手指著幾個披著兜帽的高大男子。

他們的手裡抓著莉亞她們的服裝。

「那邊的可疑傢伙！把莉亞她們的衣服還來！」

「惠惠，等一下。這幾個傢伙的樣子不太對——」

我抬手制止她上前，那幾個可疑傢伙便回過頭來，掀開深深遮住眼簾的兜帽。

「「「咕喔喔喔喔！」」」

「是巨魔！看起來不是查理和丹尼爾，是你們拿走了表演服嗎……」

要是對手是那兩個人，光憑我們實在難以應付，但只是這幾個傢伙的話，還是有機會搶回來。

「喂，巨魔！那是我的搖錢……嗯嗯！那是莉亞她們的衣服，給我還來！」

我用狙擊技能施放箭矢，射中那隻揣著衣服的巨魔肩膀。

「牠們站得這麼密集，根本就是要我用魔法轟牠們！我可以轟下去嗎？可以吧！」

「當然不行！這裡可是王都，又不是阿克塞爾，要是妳在這裡隨便施放魔法會引發大問題的！」

「不，我想在阿克塞爾也會出問題……」

克莉絲一臉無奈，以疲憊的模樣摀著額頭。

「嗚嗚嗚，怎麼能被你們逮住……至少要把這個交給丹尼爾大人……！」

「慢著，休想逃！」

「和真，服裝沒事就好。這才是我們的目的吧。」

克莉絲撿起散落在地的衣服。

是剛才那一箭讓巨魔鬆手了嗎？

「……嘖。真沒辦法。現在得先把表演服送回去。」

不過巨魔剛才好像提到丹尼爾的名字，是我聽錯了嗎……？

7

「讓各位久等了。舞者競賽決賽，下一組要登場的團體是來自阿克塞爾的三人組『阿克塞爾之心』！」

主持人穿著一身比參賽者還要華麗的顯眼服裝，用誇張的動作和手勢介紹莉亞等人，她們便活力十足地從舞台側邊登場。

「大家好——！我們是阿克塞爾之心——！我們要用可愛擄獲大家的心嘍——？」

「我、我們會拚命努力的。請大家多多支持！」

總算趕上了。接下來只要莉亞她們展露最棒的表演就行了！

「請欣賞我們的歌曲……『Bright show』！」

三人配合得天衣無縫的歌舞吸引許多觀眾的目光，似乎也給評審留下很好的印象。

8

舞者競賽決賽首戰結束當晚，我來到莉亞她們住的旅館，想找她們一起開慶功宴——

「表演得很棒喔，小莉。」

帶上碰巧在大廳遇到的艾莉卡和榭蘿，來到莉亞的門前。正準備敲門之時，忍不住停下動作。

「謝謝你，金次郎。唱歌的感覺果然很棒呢。」

莉亞的房門沒有關好，門縫似乎傳來說話聲，我們因此豎起耳朵仔細傾聽。

「可能是因為這是我恢復記憶以來的第一場表演吧。贏了是很開心沒錯，光是能夠唱歌的喜悅就已經勝過一切了。」

她好像真的很開心，聲音聽起來相當雀躍。

「我也確實感受到小莉最喜歡唱歌的心意嘍。小莉好厲害！妳只要有心就辦得到！」

變聲的莉亞……如此稱讚莉亞。

「討厭啦，別這麼誇我。我會害羞的。」

……原來她是會讓人覺得很尷尬的那種人。

就這麼靜靜離開，不要揭穿才是體貼的做法，然而就在我正想轉身離去時，一陣風輕輕地吹開了房門。

我與緊緊摟著狐狸布偶，渾身僵硬的莉亞對上眼。

「……嗨、嗨。」

「和、和真！還有榭蘿和艾莉卡！你們是什麼時候來的……？」

「呃……總覺得很抱歉。」

我敗給現場尷尬的氣氛，忍不住對她道歉。

「莉亞怎麼到現在還會害羞呀。我早就看過很多次妳和那隻布偶說話的樣子——」

「它才不是布偶，是金次郎。」

「金次郎對小莉而言是很重要的存在呢。」

「是啊，在我一個人接任務的時候，它也治癒了我的心……在我失憶之後，金次郎一直陪在我身邊。說它是阿克塞爾的第四名成員也不為過。」

「不，我覺得有點誇張就是……」

阿克塞爾不需要不會唱歌跳舞的成員。

「好啦好啦，也沒什麼不好的。就當作是阿克塞爾的吉祥物吧。」

咦？莉亞會這麼寶貝它……難不成是她在轉生異世界時得到的——

「金、金次郎該不會就是妳的外掛道具吧……？」

「外掛？欸，和真，你說的外掛是什麼意思？」

艾莉卡是這個世界的居民，聽不懂也是理所當然。

莉亞似乎很快就理解我的意思，搖搖頭加以否定。

「啊，不是這個。我拿到的是……這個魔導鍵盤。」

莉亞從大包包裡拿出一個由黑鍵與白鍵組成的電子樂器——鍵盤放在桌上。

這就是她的轉生特典嗎？那麼這個道具也和魔劍格拉墨一樣，擁有某種外掛級的力量才對吧？

「欸，莉亞，這個究竟有什麼能力——」

「糟糕了！」

我的問題才說到一半，我那抽歪的轉生特典阿克婭便從門外衝了進來。連惠惠和達克妮絲也一起來了。

她們三個人都顯得氣喘吁吁，看來是一路跑到這裡。

「怎麼了嗎？為什麼這麼慌張……」

「是那傢伙！丹尼爾襲擊王都了！」

「妳說什麼……！」

由於安分了好一陣子，我這才放心下來的說。

「要、要是牠到王都鬧事……比賽說不定會像之前巡迴演出那時一樣停辦。」

「不能讓牠得逞。舞者競賽就該由舞者親自守護！莉亞、榭蘿，我們走！」

「好……為了保險起見，我也帶上這個吧。」

莉亞將魔導鍵盤繫上背帶掛在肩上，看起來就像肩背式鍵盤，隨後離開房間。

「和真，我們也過去吧？」

「好……話說有件事我有點在意。說一下妳交給莉亞的魔導鍵盤吧。那個道具到底有什麼能力？」

「啥？我怎麼可能記得那種事！」

這傢伙……竟然理直氣壯地說出這種話！

包括古代兵器的事在內，根本是個失職女神！

「那種事不重要，我們快走！不然比賽就要被搞砸嘍！」

9

「哼哈哈哈哈！為了再次受僱於魔王軍！也為了我未來溫馨的婚後生活……！就讓我給愚蠢的人類吃點苦頭吧！」

「喔喔，丹尼爾大人，您終於打算認真工作了……我這個心腹好開心啊！」

我待在暗處窺伺丹尼爾牠們的狀況……這個格局也太小了吧！

而且還說出想結婚這種話。

「這傢伙最近什麼也沒做，原來只是不想工作喔！」

「不過不用別人督促真了不起。和真跟牠不一樣，要被逼到絕境才願意工作。」

「就是說啊。」

「沒錯。」

喂，別再說了。不要用有話想說的表情看我。

話說那兩個傢伙……其他地方不去，居然跑到舞台附近作亂！

「為古代兵器壓倒性的威力心驚膽顫吧！來，低鳴吧！雷霆──」

看來不是繼續窺探情況的時候了。

於是我們從暗處帥氣登場。

「讓你久等了！主角登場！」

「唔……又是你們啊。」

丹尼爾露出一臉不耐煩的表情。

我也不想見到你們啊。

「我們會守護這座城鎮還有各位舞者！你要施放雷擊的話……就、就衝著我來！」

「這裡就交給我！來吧，就來比較看看……雷霆戰鎚和爆裂魔法究竟孰強孰弱吧！」

面對威力強大的兵器，達克妮絲與惠惠不僅不退縮，甚至沒有表現出絲毫畏懼。

「夠了，真是群煩人的蟲子。別在那邊大呼小叫，快點把舞者交出來。」

這傢伙的目標果然是阿克塞爾之心嗎？

「你想找的舞者就在這裡！」

莉亞等人呼應丹尼爾的叫喚登場了。

丹尼爾及查理瞬間激動起來。

「喔喔，莉亞……妳果然還活著！我們能夠重逢，只能說是命運！來吧，見識我壓倒性的力量，重新迷上我吧！」

「一廂情願到了噁心的地步……說什麼重新迷上，莉亞從來沒有喜歡過你！」

「這裡是許多舞者實現夢想的舞台！我不想見到你們這種人站上來！」

艾莉卡和榭蘿挺身擋在莉亞面前。

「破壞舞者夢想的舞台並非我的本意，但這也是愛的試煉……！我今天就要朝和莉亞結婚的夢幻生活，邁出嶄新的一步！」

這就是心靈扭曲的偶像宅的末路嗎！

「結婚……這傢伙到底在說什麼啊。」

「莉亞，不用管牠。攻擊要來了！」

儘管我試著振作氣勢，不過對手是丹尼爾和查理這兩個強敵，外加不再反噬自身的外掛武器雷霆戰鎚。

我做好即將面對艱辛戰鬥的心理準備……但是事實出乎意料。

「唔！我太大意了……！是我的內心不願意破壞舞者神聖的舞台，所以下意識手下留情了嗎……」

我雖然想嗆牠這只不過是在找藉口……但是大概是真的。牠的動作不僅遲緩，甚至沒有發動雷霆戰鎚的能力。

「哼哼，輸了就找藉口很難看喔？」

「阿克婭，不要挑釁！」

「就讓你們看看我是不是在找藉口吧……雷霆戰鎚啊！展現真正的力量！在王都降下落雷吧！」

丹尼爾的迷惘被阿克婭一句話一掃而空，高高舉起雷霆戰鎚。

那把武器隨即發亮，接連發出數次電弧跳動的啪嘰啪嘰聲。

「什麼！你想波及這一帶嗎？住手——！」

丹尼爾無視我的制止，只見牠揮下雷霆戰鎚，王都各處便降下雷電——

「呃啊！我、我的家啊啊啊！」

「怎麼回事！怎麼突然打雷了！有地方起火了！」

居民們的怒吼與哀號四起。

這種隨機的大範圍攻擊究竟要怎麼應對！

「唔！落雷的範圍這麼大，根本沒辦法防禦！」

「我忍不住了！我要用爆裂魔法解決這傢伙！」

「惠惠，住手！妳會加重城鎮的災情！」

不僅如此，就連落雷造成的損害也可能會算在我們頭上。

「那麼到底該怎麼做啊！和真先生！」

「先讓大家去雷劈不到的地方避難！」

得先引導王都的居民避難，遠離這個地方才行。

「可笑！觀眾這麼多，你們真的以為可以保護所有人嗎？真是笑死人了！」

「丹尼爾大人！就這樣再來一發給他們見識一下吧！」

「是啊，再來一下……低鳴吧，閃電啊！」

「丹尼爾！別再把無關的人捲進來了！」

達克妮絲揮下大劍試圖妨礙丹尼爾，但是攻擊一如往常落空。

根本連拖延時間都辦不到！

「我拒絕！在魔王大人認同我，還有莉亞答應和我結婚之前……我絕對不會停止破壞城鎮！」

自我中心也該有個限度吧！你是亂發脾氣的小孩嗎！

「唔……必須保護大家！」

「等等！別去啊，莉亞！」

莉亞似乎想到什麼，朝著丹尼爾那傢伙跑去。

「不行，距離太遠了！來不及阻止！」

眼睜睜見她離去的達克妮發出悲痛的聲音。

「來，做好心理準備吧……低鳴吧，閃電——！」

「魔導鍵盤！保護大家……！」

我們閉上眼睛準備迎接閃電的到來，但是閃電遲遲沒有落下。

小心翼翼睜開眼睛，發現一道藍色光芒正在保護我們。

「這、這是……？」

「真厲害，好強大的護盾。這是小莉施放的……？」

「話說她一直使用的那個魔導鍵盤，之前有這種力量嗎？」

就連身為夥伴的艾莉卡和榭蘿也不曾見識的力量……原來如此，是因為她恢復記憶了嗎？她回想起魔導鍵盤真正的使用方法了……！

我輕輕碰了一下護盾，摸起來十分滑順，然而異常堅硬。

「竟然能抵禦雷霆戰鎚的雷擊？怎麼可能有這種事……！」

「我會保護大家……不會再讓你傷害任何人！」

「好厲害！琴聲的魔力變成屏障，擋下了雷霆戰鎚的雷擊！和真、和真！只要有這個，我豈不是能夠隨時隨盡情施放爆裂魔法嗎！」

惠惠像個有了什麼大發現的孩子一樣興奮起來。

話說莉亞居然在恢復記憶後大肆活躍，簡直就像傳說故事裡的主角。

「這樣啊。嗯嗯。我覺得那就是鍵盤的能力！」

阿克婭似乎也想通了什麼。她終於想起來了嗎？還是只是假裝想起來而已？算了，拜託妳閉嘴。

「那個鍵盤居然有這種力量……那到底是什麼東西！」

「喝啊啊啊啊……！」

「唔嗚……喔喔喔喔喔喔喔喔……！」

魔導鍵盤的護盾隨著莉亞的吶喊，將雷霆戰鎚的落雷反彈至高空——

「怎……怎麼會……！雷霆戰鎚的力量竟然沒用……？」

「……查理，暫時撤退！回去重振態勢！」

面對這個膠著狀態，丹尼爾等人率先有所行動。

「站住！怎麼能讓你們一逃再逃！」

「阿克婭！這次先放他們走。」

「儘管莉亞擋下落雷，但是城鎮和居民仍有可能遭到隨機攻擊……既然他們主動撤離，對我們來說也是一件好事。」

確實如此，其實我最害怕的是損害在附近持續擴大並毀掉舞台。即使打敗對方，沒了舞台便沒有意義了。

「遠離不確定因素，是賢者的不變法則。不過別以為你們這樣就贏了。我絕對會再回來……直到莉亞屬於我，不論多少次我都會回來！」

「丹尼爾大人，我覺得您的重心好像愈來愈偏向和莉亞結婚了……應該是為了重回魔王軍吧？」

「沒、沒錯！這是為了讓魔王大人再次認同我！來吧，飛龍！」

……這傢伙完全忘記魔王軍的事了吧。

丹尼爾及查理跳到飛來迎接的飛龍背上，逃也似地飛走了。

「總算……結束了嗎……還得修復會場和引導居民避難……」

莉亞有如斷線人偶一般當場倒下。

「莉亞！」

我連忙跑到她的身邊查看狀況，發現她並沒有外傷，只是失去意識而已。

「大概是用盡魔力了吧。我記得清單上確實有這種魔道具。」

把魔導鍵盤交給她的阿克婭都這麼說了，那麼應該不會有錯。

我們沒帶莉亞去休息室，而是讓她在帳篷裡躺下，由艾莉卡和榭蘿負責照料。在莉亞醒來之前，我們就去幫忙搬開瓦礫好了。

要是不把這裡恢復原狀，比賽將會……然後我就沒辦法償還債務了！

第七章

1

「來來來，受傷的人排好隊。我會按照順序治療大家。」

受傷的人多到要排隊等待阿克婭逐一施展恢復魔法。

丹尼爾凶猛的攻勢對王都造成莫大的災情——

「好慘，就連比賽的舞台都受損得很嚴重……」

「丹尼爾下手毫不留情，這樣還敢自稱是舞者的粉絲。」

「是啊，幸好城裡的居民都沒有受傷。」

受傷的人幾乎都是士兵，算是不幸中的大幸。

「喂，和真！你是打算把修復城鎮和治療傷患的工作全都丟給我嗎？」

「反正妳平常沒什麼作為，至少在這個時候努力一下。」

「啊——！和真的話好過分！你說了不該說的話！」

「好好好，知道了。而且我知道妳會很辛苦，已經叫幫手來幫妳了……」

阿克婭說得淚眼婆娑，我於是隨口敷衍她幾句。

「說是這麼說，但是沒看到你說的幫手啊？」

惠惠四下張望，附近確實沒有看起來像是幫手的身影。

「嗯？她跑到哪裡去了？」

喔，找到了找到了。那個人正在不遠處的廣場角落幫忙。

當我找到那個人，快步走過去之後，發現她正在治療受傷的士兵。

「不好意思，有會治療魔法的人真是幫大忙了。」

「別這麼說，沒關係的。這也是我身為祭司的職責。」

溫柔的微笑以及認真的態度，讓士兵不禁深深受到吸引。

光看她這副模樣的話，賽西莉看起來確實像個正經八百的聖職者。

「喂——這邊也有人需要治療！」

「請稍等，我馬上過去。」

「嗯？這副裝扮……妳難道是阿克西斯教的修女嗎？那個以充滿怪人出名的宗教？」

士兵似乎知道那身藍色的修女服是屬於阿克西斯教的服裝，表情明顯變得僵硬。

「是的，沒錯。不過……你說我們教眾都是怪人，讓我有點難過呢。」

「抱、抱歉。我沒有惡意。」

「我懂的，因為有部分阿克西斯教徒比較激進，導致我們惡名在外。但是……請不要認為所有阿克西斯教徒都是怪人。」

賽西莉低下頭，眼神顯得有些悲傷。

士兵見到那副模樣，很不好意思地抓了抓頭。

「我知道。畢竟也有像妳這樣正經的修女嘛……是我誤會了。」

「請別在意。比起那個，你應該肚子餓了吧？請用這個阿爾坎饅頭。」

賽西莉擦了一下眼角，用宛如聖母的慈愛笑容遞出饅頭。

「好的，那我就不客氣了……」

「好，到手了——！你吃了吧？吃進肚子裡了吧？吃下去就沒辦法還回來了吧！」

賽西莉看到士兵吃下饅頭之後，態度驟變。

「既然吃了饅頭，就請在這張入教申請書上簽名吧！況且我還替你施放了這麼多次治療魔法。」

「怎、怎麼這樣……那不是妳出自善意才——」

「為了行善特地跑來王都，還特地進行慈善活動？哪有這種聖人！對我來說這才不是慈善活動，而是傳教活動！是為了宣揚阿克婭女神的意志所進行的活動！」

見到士兵想要逃跑，露出本性的賽西莉立即繞在他的面前，擋住他的去路。

「都接受了我這麼無微不至的照顧，你應該不會拒絕吧？來吧、來吧……現在馬上在這張入教申請書上簽名！」

「噫、噫噫噫……阿克西斯教徒果然沒一個好東西！」

「現在加入還送肥皂和洗衣精喔！來吧來吧！快簽快簽！」

賽西莉不顧士兵真心感到害怕，一步步逼近。

「別這樣，妳嚇到人了。」

總之先朝她的腦袋來一記手刀。

「好痛……和真先生，請不要突然敲人的頭。要是我的腦袋出問題怎麼辦？」

「沒問題的，妳早就沒救了。話說就是因為這種傳教方式，阿克西斯教才會惡名昭彰吧？好了，快點去治療傷患。妳最喜歡的阿克婭大人也會很高興喔。」

「阿克婭大人！既然是為了阿克婭大人的話，那就沒辦法了！但是報酬的瓊脂史萊姆可要多給我一點喔？」

幸虧搬出阿克婭的名號，賽西莉這才開始認真幹活。這裡應該已經沒問題了，於是接下來往幫忙清除瓦礫的怪力組那裡走去。

達克妮絲和榭蘿用引以為傲的怪力，為清理瓦礫的工作做出男性也相形見絀的貢獻，流下健康的汗水。

「真不愧是肌肉棒子搭檔。」

「「就說不准叫我們肌肉棒子！」」

無論是聲音還是回頭的動作都很整齊。

「辛苦了。妳們意外地合得來嘛？」

「嗯，畢竟我們都是貴族。」

「是啊。」

這麼說來也是。聽說榭蘿的老家也是很有權勢的貴族。

話說回來，接下來到底該怎麼辦才好？我是真心希望想要討伐丹尼爾，在沒有後顧之憂的情況下專心面對比賽……

王都對丹尼爾懸賞的金額是五億艾莉絲，而我不斷累積的負債大概有八億……假如我能打倒牠，把獎金全部拿去還債也還差三億。

即使拚上性命討伐魔王軍幹部級別的敵人，還是無法還清債務。既然這樣……

「好，決定了！現在暫時不要和丹尼爾扯上關係。來吧，重新打起精神，為了比賽的冠軍努力吧！」

「雖、雖然我很高興你有這份心意……」

「妳怎麼了，榭蘿？為什麼看起來無精打采？」

她一直在偷瞄我，一副欲言又止的樣子，然後馬上移開視線。

她該不會是……愛上我了吧？

我與她既是製作人與偶像，再加上情侶這層禁忌的關係……感覺還不壞。

「和真，我看你好像誤會什麼了。其實在你不在的時候，莉亞表示她要退出阿克塞爾之心……」

「這樣啊，原來她要退出。畢竟這個業界注重實力至上，她要退出也是──」

偶像脫團是很常見的事，所以……什麼！

「呃！咦咦咦咦咦咦？怎麼回事？把來龍去脈跟我說一下！莉亞現在在哪裡？」

「她大概在家裡……」

我過於動搖，差點激動到抓住榭蘿的肩膀，但是在快要碰到之前想起她有男性恐懼症而停手。

要是莉亞退出……阿克塞爾之心怎麼辦？比賽呢？我的負債又該怎麼還？

不問清楚狀況，我就沒辦法判斷。

我連忙趕往阿克塞爾之心居住的獨棟住宅──

2

我是過來了解莉亞脫團的理由……該怎麼說服她留下來呢？

憑著氣勢來到房門前方，現在開始才是關鍵。

「欸，和真快點說些什麼啦。」

艾莉卡推了一下我的肩膀，和房門的距離便縮短了些。

好，該怎麼開啟話題呢？

「喂，莉亞……我聽說妳要退出阿克塞爾之心，妳是認真的嗎？」

「…………」

沒有回應啊。

「沒事的，和真先生並沒有生氣，他只是在擔心小莉喔。」

房門隨著榭蘿溫柔的話語打開了，莉亞就此現身。

身後的房間不但髒亂還飄出惡臭，還是先別管好了。

「……我逕自做出這種決定，真的很對不起大家。不過若是把心力放在舞者上面的話，我是沒辦法打倒丹尼爾的。我必須打倒為世界帶來危機的敵人。」

她是認真的……是因為記憶恢復的關係，身為轉生者的使命感也變強了嗎？

要是她能一直拚到討伐魔王，我的負擔將會就此消失，阿克婭也會很高興吧。不過阿克塞爾之心在這個時候棄權就糟糕了……！獲得冠軍獎金的未來將會澈底消失……！

「啊──我知道丹尼爾是個威脅。但是！正因為是這種時候，才需要阿克塞爾之心這種帶給大家歡笑的存在不是嗎！」

「和真……」

「懸賞丹尼爾的金額是五億，舞者大賽的冠軍獎金是十億……光看數字也能看出對於大眾來說，比賽重要多了！」

在遊說她的時候，不小心把真心話混進去了。

「和真，關於懸賞金的話，由於王都方面見識到雷霆戰鎚的威力，已經把丹尼爾的懸賞金調高到十五億了。」

「十……十五億？」

我為了說服莉亞思考出來的說詞，就這麼被她用一句話駁回。

「這和數字沒有關係。而且……丹尼爾的目標是我！那麼我……就有必要為了自己的使命而活。」

「這樣啊……妳不用再多說了，莉亞。雖然身為製作人的我感到不捨……可是我尊重妳的選擇！」

我重重拍了拍她的肩膀，對她露出燦爛的笑容。

我的舉動似乎出乎大家的預料，不僅是莉亞，就連榭蘿和艾莉卡也都微微後仰，用全身表達她們的震驚。

「咦、咦咦咦咦……？」

「和真，你不是來幫我們說服她的嗎！」

大賽的冠軍獎金是十億，但是和莉亞一起打倒丹尼爾的話就有十五億……要選哪邊豈不是很明顯嗎！

「好，我會全力協助莉亞討伐丹尼爾，同時也會儘量叫上我認識的所有冒險者一起來幫忙！」

3

幾個被我找來的人一同聚集在冒險者公會。

「佐藤和真。突然叫我出來到底有什麼事？」

雙手抱胸的御劍一副高高在上的模樣，散發凌人的氣勢。

雖然他的態度很囂張，不過他可是最強的戰力，現在先暫時隱忍吧。

「既然是和真有事找我們，肯定又在打什麼壞主意吧？」

克莉絲平常似乎都在忙其他工作，偶爾才能見到她，所以不抱希望試著問問看，沒想到竟然來了。

「我、我只會礙手礙腳，真的能幫上忙嗎……」

「芸芸，妳應該更有自信一點。」

喔，紅魔族的芸芸和有夠會也來了。拜託惠惠果然是正確的。

「這一定是女神大人所安排的緣分！來吧各位，請在這裡簽名，當作我們親近彼此的證明——」

「賽西莉，不好意思，妳等一下再傳教吧。」

感覺找她過來可能是個錯誤。但是儘管個性有點問題，實力卻是貨真價實。

另外還有其他幾名冒險者呼應了我的召集而來。

「各位，謝謝你們願意過來。其實我有件事想拜託你們。」

「啥啊，你說有事要拜託我？欠我人情的代價很高喔？」

「你要擺架子的話，先把欠大家的錢和人情還清再說。」

達斯特開口打斷我的話，卻被他的夥伴琳恩嗆了回去。

達斯特的嘴和個性還有平常的所作所為都很差勁，但是別看他這副德性，他在阿克塞爾也算是實力名列前茅的冒險者。既然能控制他的琳恩在場，應該能夠派上用場。

「這對大家而言並非什麼壞事。我想請各位參加一場聖戰，我們即將面對使用古代兵器的強敵，甚至可能在傳說當中留名！」

「聖戰……聽起來不錯呢。感覺的確能成為寫作時的參考資料。」

這個情境似乎很符合紅魔族的喜好，在我身後的惠惠也開始激動喘氣。

芸芸似乎沒什麼興趣，但是臉頰有些紅。終究沒辦法抵抗紅魔族的血統嗎？

「那個，你說的該不會是丹尼爾先生吧？聽說牠好像讓雷霆戰鎚復活了……」

我還找來魔王軍的前任幹部維茲參與行動，同時請她收集情報。我也有邀請巴尼爾，但是他似乎正忙著處理維茲隨便亂買的垃圾。

「不過之前和牠交手時，雷霆戰鎚是會讓使用者也受到傷害的雙刃劍吧？難道牠得到那個東西了嗎？」

面對克莉絲的提問，惠惠點頭表示肯定。

「那傢伙在那之後得到雅恩格利佩爾，成功控制雷霆戰鎚……老實說我很羡慕。」

「當時我這個劍術大師雖然也有同行，卻力有未逮……實在非常抱歉，女神大人。」

御劍對阿克婭恭敬地低下頭。

「呃……你也有一起去嗎？」

「他有去啊。妳竟然忘了，真可憐……」

「女神大人啊啊啊啊啊……！」

他很明顯為之消沉，但也因此安靜下來，先不管他吧。

「總而言之，丹尼爾和雷霆戰鎚這個組合非常危險！沒錯……這是世界級的危機！我要拜託各位的就是這件事。身為冒險者，不能坐視這個情況不管。大家說對不對？」

正義感很強的幾個人一臉認真地聆聽我說的話，但是這些話對某些人完全不管用。

「我拒絕！超麻煩的！」

達斯特立刻表示拒絕。

「達斯特，借一步說話……要是阿克塞爾遭到襲擊的話怎麼辦？我們用來放鬆的那間夢魔店有可能……」

「和真，我們上吧！現在正是集結所有人力量的時候！」

「怎麼突然這麼有幹勁……你到底對達斯特說了什麼？」

琳恩用懷疑的視線投向態度驟變的達斯特。

我輕而易舉便說服達斯特。下一個沒有幹勁的是——

「欸，賽西莉。我保證妳在這個時候出力的話，阿克西斯教的評價一定會變好，信徒也會變多喔？」

話說到這裡，我用眼神暗示阿克婭。

阿克婭接收到我的視線之後一臉困惑，但在我狠狠瞪視她以後，她似乎理解我的想法，用力握住賽西莉的手。

「這次發生的事我也有一點點責任。所以妳能幫忙的話我會很高興的。」

「阿克婭大人……雖然很麻煩，但是我願意協助這個人！」

這個祭司雖然難以應付，不過只要有阿克婭在場，她就會認真做事吧。

只剩下兩個紅魔族了嗎？

「有夠會，惠惠應該已經告訴過妳，那個古代兵器超級帥氣喔。妳難道不想親眼見識一下嗎？」

「……嗯，那可真是不能錯過。感覺能化為寫作的動力。我也來幫忙吧。」

「芸芸的話，那個……」

「我、我要去！因為我可是惠惠的勁敵！」

……能夠輕鬆說服她，真是太好了。

「現在幫手愈多愈好……拜託大家了！報酬方面當然也會從優發放！丹尼爾牠們正在破壞鄰近的村莊，同時逼近阿克塞爾……我們要在這個城鎮阻止牠們！」

「「「好──！」」」

我、阿克婭、惠惠、達克妮絲、達斯特、琳恩、御劍、賽西莉、克莉絲、芸芸、有夠會、維茲。

從結果來看，我成功召集了強而有力的夥伴。這樣搞不好打得贏喔……？

4

在進行作戰會議之時，我們收到關於丹尼爾的最新情報。

「丹尼爾似乎襲擊了隔壁的村莊。雖然村民們勉強逃過，建築物好像全毀了。」

達克妮絲將情報轉告給大家，同時指向敞開的地圖某處。

「可惡的丹尼爾……竟然奪走無辜村民的家！我們現在立刻去討伐牠吧！」

「我明白你很焦急，還是稍微冷靜一點。」

我安撫情緒激動的御劍。

敵人非常強悍，絕對不是毫無計畫就能戰勝的對象。

「……丹尼爾之前攻擊王都時完全沒有手下留情。不過從村民完全無人死亡這點來看，丹尼爾現在的目的似乎並非傷人。那麼牠到底有什麼目的？」

「這麼說來，牠之前好像說過『要重新讓魔王軍僱用牠』……是不是想向魔王軍推銷自己呢？」

莉亞這番話讓我也想起來了。牠在戰鬥途中確實曾經說過這句話。

「……有可能！丹尼爾現在的目的，就是藉由破壞城鎮和村莊宣傳自己的實力！」

「宣傳啊……這個人好小家子氣……」

「大家看一下地圖……這是丹尼爾的行進路線，接下來終於輪到阿克塞爾……！」

採取守勢加以迎擊應該是最妥當的做法。

「話說艾莉卡小姐和榭蘿小姐呢？莉亞小姐在場卻不見那兩個人，這很少見吧？」

聽芸芸這麼一說我才注意到。

這麼說來，那兩個人怎麼了？

「……她們留在王都，還在為了比賽練習。」

莉亞咬著嘴唇低下頭來。

「是否請她們一起來幫忙比較好？現在戰力是愈多愈好——」

「惠惠，不可以這麼做！榭蘿和艾莉卡還有成為舞者的夢想。為了實現她們的夢想，我不希望她們參加這麼危險的行動。」

「……莉亞沒關係嗎？妳都為比賽那麼努力了。」

這次輪到達克妮絲提出疑問。

「我實在沒有辦法在世界面臨危機時，悠悠哉哉當個舞者……希望榭蘿和艾莉卡能夠找到代替我的人，然後在比賽中贏得冠軍……這就是我的夢想。」

看著她那苦澀的表情……實在不覺得這是她的真心話。

「這樣真的好嗎？」

「嗯。要是不打倒丹尼爾，比賽有可能沒辦法進行下去。我必須和牠一戰，這同樣是我的使命。」

既然她自己都這麼說了，我也無話可說。

戰力當然是愈多愈好，但是我尊重莉亞的意志。

「看來妳很堅決呢。老實說，如果要和丹尼爾正面對決，我們絕對需要魔導鍵盤的力量。多謝妳了。」

畢竟有沒有那個護盾，將會大幅影響我們的勝算。

5

我們在阿克塞爾的街區前方擺出防禦陣勢。

儘管對手很強，但是我方也聚集了許多強力成員，我認為……有勝算。

「牠們快到了。大家準備好了嗎？」

「那當然。我已經心癢難耐，等不及想讓牠們嘗嘗我的爆裂魔法了。」

為了這場戰鬥，我還制止了惠惠每天都要來一發的爆裂魔法練習。

希望她能把滿腔的怨氣盡情轟在丹尼爾身上。

「無論如何我都會保護大家。這就是我的使命！」

御劍熊熊燃燒的鬥志無比旺盛，甚至到了有點煩的地步。他的個性原本就是這樣，外加現在是在阿克婭面前，使命感變得更加強烈，幹勁都要滿溢出來了。

「使命啊……」

莉亞看著御劍，有些自嘲地喃喃說道。

……看來她還沒有完全釋懷。

「打——擾——啦——！」

「小莉，我們來找妳了！」

彷彿要一掃洋溢在空氣中的緊張感，兩道明亮悅耳的聲音在草原上響起。

「榭蘿？連艾莉卡也來了……妳們怎麼會來這裡！妳們不管比賽了嗎？」

莉亞認出那兩個飛奔而來的人是誰，不禁發出驚訝的聲音。

「我們正是為了比賽而來！」

「果然還是非得莉亞不可。拜託，回來阿克塞爾之心吧？」

手被兩人握住的莉亞瞬間露出開心的微笑。

不過她隨即低下臉來，左右搖頭。

「……我會繼續當舞者，都是為了恢復記憶。我現在已經全部回想起來了，所以再當舞者也沒有意義。」

話雖如此，臉上卻充滿寂寞的神情。

「我才不管。話說比賽進行到一半卻突然說要退出，真是太任性了！」

「我知道我的自作主張給妳們添了麻煩，真的很抱歉。但是對於現在的我而言，最重要的是阻止丹尼爾。我擁有抵禦雷霆戰鎚的力量。要我悠哉跳舞，不為人們使用這種力量，我實在辦不到。」

「……小莉，妳不是說過最喜歡唱歌跳舞了嗎？妳說的那些話是假的嗎？」

「比起唱歌跳舞……使命更加重要。請妳們絕對不要參與戰鬥。」

「莉亞……」

就某方面來說，氣氛是不是變得更加凝重了？

雖然這不是我該置喙的狀況，但是我們即將與敵人開戰，有必要消除彼此的矛盾，所以我──

『緊急警報！緊急警報！丹尼爾和查理出現在城鎮的東北方！丹尼爾持有危險的古代兵器雷霆戰鎚！請各位冒險者到正門前集合！』

冒險者們聽到喇叭傳出公會職員的聲音，紛紛拿起武器。

「和真！牠如同預料一般出現了！」

克莉絲聚精會神地凝視上空。

視線前方出現兩頭飛龍，各自載著丹尼爾與查理。

「噶喔喔喔喔喔喔……」

飛龍降落地面，丹尼爾及查理從牠們的背上下來。

「哎呀呀……大家全都聚在一起。你們是特地來讓丹尼爾大人變成焦炭的嗎？」

「唔……喔喔，莉亞，我好想見妳！非常抱歉讓妳久等了，妳未來的丈夫來了！」

丹尼爾變得更噁心了。

「是啊，我也等很久了。我一直在等待打倒你的這天到來！」

我覺得莉亞過於激動了。她先是拒絕兩個夥伴，把自己逼到退無可退的狀態。結果卻是這樣——

「丹尼爾先生，不可以自暴自棄喔？先和大家好好談談——」

「閉嘴，維茲。妳這個魔王軍的背叛者……我要讓你們知道，就算你們召集了同伴，在雷霆戰鎚面前也是毫無意義的！」

他猛然舉起綻放雷光的戰鎚。

「喔喔……那就是雷霆戰鎚……！確實帥氣到無可挑剔！」

「對不對！那個東西真的非常觸動我們紅魔族的心弦！趕快把它搶過來，好好鑑賞一番吧！」

「妳們兩個，現在不是討論這個的時候吧？嚴肅一點！」

惠惠與有夠會見到那把戰鎚，顯得相當開心。

身為紅魔族唯一的良心，芸芸斥責兩人。

「難道以為就憑你們，能和手持古代兵器的吾主抗衡嗎？哼哈哈！笑死人了！」

查理的態度比他的主君丹尼爾還要囂張。

「沒關係的，查理。就讓這些冥頑不靈的人親身體驗一下吧……」

兩人從人類外貌變化成巨魔。

「一開始就使出全力嗎……這樣才夠資格當我的對手。來吧，讓我嘗嘗那個雷擊的滋味吧！」

達克妮絲不僅毫不畏懼，甚至滿心歡喜地挺身向前。

「和、和真……真的不用魔導鍵盤幫忙防禦嗎？」

「妳可以不用理會那傢伙說的話。我會指示妳使用時機！」

「好，我要上了……！嘗嘗雷霆的威力吧！」

牠似乎盯上達克妮絲，但是那道攻擊之強，光是餘波就有可能讓我們全軍覆沒。

「就是現在！莉亞，拜託妳了！」

「魔導鍵盤……把力量借給我吧！」

6

有來有回的攻防戰持續進行……不，準確的說法是我們被對方壓著打。

護盾是我方唯一能夠抵禦敵人攻擊的手段，即使想要進攻，也沒辦法離開護盾保護的範圍，一直處於守勢，根本找不到攻擊的時機。

「呼……呼……還挺行的嘛。不過到此為止了……閃電啊！」

「唔……可惡……！」

莉亞用魔導鍵盤展開的護盾擋住開戰以來最強大的雷擊——

「不行……！雖然勉強擋下，但是逐漸被壓過了！」

「那個古代兵器到底能放幾次雷擊！再怎麼說都太犯規了吧！」

而且莉亞也快承受不住，再這樣下去……

莉亞跪倒在地大口喘氣，明顯已經接近極限。

就在這時，兩道身影奔向莉亞。

「小莉！」

「莉亞！」

「榭蘿、艾莉卡！妳們為什麼……？我都叫妳們別來了！」

「小莉自己還不是一樣說離開就離開，讓我們傷透腦筋不是嗎？所以我們也要做我們想做的事。」

「就算妳說我們礙手礙腳，我們也不會離開。我們才不要在一旁什麼也不做，只是看著妳戰鬥！」

「榭蘿、艾莉卡……！」

儘管她們的友情很美麗，現在可是正在戰鬥啊。這種情況怎麼能夠分心，要是敵人趁機攻擊將會被一網打盡。

「多麼美妙！我的推相親相愛的模樣讓人感動到受不了……」

「是啊，太棒了！太神聖了！」

……丹尼爾及查理拿出手帕擦拭眼角的淚水，眼睛緊盯著她們。

這就是粉絲心態嗎……

「不管遇到多麼難受的事都要一起承擔！我們今後也絕對不會離開小莉的身邊！」

「只要我們齊心協力，就沒有辦不到的事！」

榭蘿和艾莉卡開始歌唱，魔導鍵盤彷彿與她們的歌聲產生共鳴，隨之散發光輝——

「這是……魔導鍵盤的魔力上升了……？」

「小莉，唱吧！」

「因為……我們三個人在一起才是阿克塞爾之心呀！」

「……嗯！」

三人傾注情感的歌聲交織在一起，護盾發出更加燦爛的光芒。

雖然突然在戰場唱歌實在莫名其妙，不過護盾原先快消失的光芒凝聚起來……算、算了，一點小事別在意！結果好就好！

「魔導鍵盤和她們心繫夥伴的心意共鳴，因此強化護盾……感覺好像是這樣！」

阿克婭，感謝妳提供這麼模糊的說明！

「什麼……！結界恢復原有的強度了？不，範圍甚至比原先更廣！」

「多謝你說明狀況！丹尼爾牠們露出破綻了，大家發動攻擊！」

琳恩、有夠會，以及芸芸一同釋放魔法。

突如其來的攻勢打得丹尼爾往後倒。

「吼喔喔喔喔！幾個小嘍囉……太可惡啦啊啊啊啊！」

她們紮紮實實地對丹尼爾造成傷害。終於進入理想的戰況，但是要打倒以堅韌著稱的巨魔，就必須格外謹慎。

「莉亞、榭蘿、艾莉卡，妳們聽我說一下。」

三人靠過來之後，我把我想到的計畫告訴她們。

「——辦得到嗎？」

「我想應該沒問題……不過這麼做真的好嗎？要是我們的時機稍微慢一點……」

莉亞沒什麼自信地低下頭，我將雙手搭在她的肩上。

「責任由我來承擔！所以妳們放心吧！不管偶像出了什麼狀況，製作人都要想辦法解決，這就是我的職責！這是最能讓妳們發光發熱的舞台，一旦錯過就沒機會嘍。把妳們最棒的表演展現出來吧！」

「「「好的！製作人！」」」

她們總算鼓起勇氣了。

由於我也是順勢成為製作人，此刻終於首次體會與這個身分合而為一的感覺。

「我也來幫忙……上吧！嘗嘗魔劍格拉墨的力量吧！」

「好！我也趁這個機會上嘍！要是不好好表現一下可就分不到錢啦！」

擔任前衛的御劍和達斯特也緊接著發動攻擊，對丹尼爾造成更多傷害。

「吼啊啊啊啊啊啊啊啊！！」

「很好，攻擊生效了！就算等級有差，但是弱化到這種地步就沒有影響！現在正是使用那招的時候……克莉絲！準備嘍！還有阿克婭、賽西莉，妳們用魔法提升我和克莉絲的幸運值！」

「雖然不懂你要做什麼，總之做就對了吧！『Blessing』——！」

「阿克婭大人，我就負責可愛的女孩子那邊嘍！『Blessing』——！」

我們的職業不適合正面作戰，然而現在就是我們活躍的時刻！

「沒想到我的技能竟然能在關鍵時刻派上用場！雖然教了和真這招之後，被大家汙衊是脫內褲魔的師傅……但是我現在挺開心的！」

「「『Steal』——！」」

「哈哈哈！居然在這時對我使用Steal……可惜你們並沒有偷到雷霆戰鎚。」

有些慌張的丹尼爾確認雷霆戰鎚還在手上之後，鬆了口氣露出從容不迫的笑容。

「我竟然拿到這個東西……啊哈哈……」

「啊啊！那是我僅剩一張的莉亞官方寫真！那可是最後一張……」

儘管克莉絲成功對丹尼爾造成精神傷害，但是沒有偷到我們的目標。

「丹、丹尼爾大人……！官方寫真不是重點，請仔細看看您被偷走什麼！」

「你在說什麼？他們想偷的雷霆戰鎚不是好端端的在我手上嗎？來吧，這次一定要解決你們——」

「丹尼爾大人！請仔細看您的手！」

查理似乎注意到了，但是丹尼爾完全沒有把他的話聽進去。

「——低鳴吧，閃電啊！」

發自雷霆戰鎚的雷光……並沒有朝我們襲來，反而朝丹尼爾落下。

「嗯呀啊啊啊啊啊啊啊啊啊啊啊！」

「太可惜啦，丹尼爾！我偷的東西不是雷霆戰鎚……而是這個！」

我將手中的黑色手套拿給發出慘叫的丹尼爾看。

我的目標打從一開始就是這個！

「雅恩格利佩爾！因為沒了手套才會遭到電擊嗎……還給我！」

「怎麼可能說還就還。惠惠、維茲，炸了他！」

爆裂魔法就是為了這一刻保留的。

那可是兩人幾乎毀掉機動要塞毀滅者的魔法！

「我等這一刻很久了！要上嘍！」

「「『Explosion』——！」」

在兩道爆裂魔法的軌跡即將命中丹尼爾的瞬間——

「就是現在——！」

在我放聲大喊的同時，散發藍色光芒的護盾隨即展開——將丹尼爾及查理籠罩其中。

爆裂魔法在護盾內部炸裂，魔法的威力絲毫沒有外洩，在護盾裡不斷反彈！

威力激增數倍的魔法平息之後，地面只剩下巨大的坑洞——

「哈哈哈！這都要歸功於本大爺的實力。還不快來感謝我！」

「你根本沒什麼貢獻嘛！」

聽到旁邊的達斯特和琳恩一如既往的互動，決定加以無視。

「總之，一切都結束了……！」

現在只希望她們那邊能夠順利解決。

我側目朝那邊望去，見到阿克塞爾之心的三名成員以認真的表情看著彼此。

「小莉……我們在聽到妳說要退出時，真的非常難過喔？而且妳拋下我們打算自己戰鬥，也讓我們很擔心妳喔？」

「榭蘿……」

「我們三個人在一起才是阿克塞爾之心。不論是跳舞還是去冒險都一樣，沒了莉亞就不行。」

「艾莉卡……！可是……我給妳們添了這麼多麻煩……事到如今我哪裡還有資格繼續當舞者……！」

她真的很老實耶。我覺得只要道個歉就能解決了。

「執著追求一件事是不需要理由的。沒錯，爆裂道和舞者道都是一樣的。」

……才不一樣。

「妳只要盡情做妳想做的事就好了！莉亞也想繼續當舞者對不對？」

「嗯……榭蘿、艾莉卡……抱歉讓妳們擔心了。妳們願意再次和我一起組團嗎？」

「當然願意！這次絕對不許妳退出喔。」

「新阿克塞爾之心就此誕生！不管是冠軍還是城鎮的和平，我們全都要！」

三人緊緊握住彼此的手。

看來這邊的問題也解決了。

這個發展真是太好了！討伐丹尼爾的報酬可以用來償還債務，照這樣看來，或許……就連比賽冠軍的獎金也能拿到手！

終章

在那之後，闖入決賽的阿克塞爾之心以歌舞的實力以及拯救城鎮的功績蔚為話題，因而獲得冠軍。

我們也因此得到懸賞報酬還有比賽獎金。

即便還清債務，並且支付大家應得的報酬，我的手邊理應還會剩一大筆錢——

「表演熱熱鬧鬧地結束，真是太好了。大姊，麻煩給我炸雞和唰唰！」

我在公會酒吧喝著唰唰時，阿克婭在我身邊坐下。

「表演真的非常棒。洗鍊的舞蹈和歌唱讓我不知不覺看得入迷了。」

「她們活用了這段時間的經驗吧。剛認識時和現在相比根本是天差地遠。」

惠惠與達克妮絲在我對面坐下。固定班底全部到場了。

「是啊……」

「和真怎麼一臉不滿呢？所有的事都很順利不是嗎？既還清了負債，表演也平安落幕，你要再更高興一點。」

確實一切都很順利——除了表演結束的那一刻。

在這之前全都沒有任何問題。

「是啊，太令人高興了。要是表演最後某人沒有感動到說出『我要把在這裡賺到的錢和獎金全部捐出來』這種話就更好了！」

視野角落的黑髮用力抖了一下。

「那、那是因為我一時激動……而且城鎮之前受到很嚴重的損害……所、所以一不小心就……」

「然後某人還順勢說出『全都交給可愛的我們吧！』。」

「呃……因為大家的目光集中在我們身上的感覺很棒嘛……」

黑髮旁邊的粉紅雙馬尾左右搖晃。

「我還以為至少會有一個人比較正常，但是完全沒有阻止她們的意思，只是待在旁邊笑嘻嘻——」

「那個……我身為貴族，必須關照人們的生活……」

象徵貴族身分的金髮躲在黑髮與粉紅頭髮後頭。

打從剛才開始只能隱約看到她們的頭，於是我從酒吧的桌子探出身子往下看。

眼前是跪在地板上的三人——阿克塞爾之心。

沒錯，這幾個傢伙沒有經過我的同意，就在表演的最後……因為一時激動說出了很荒唐的發言。

在那麼多觀眾面前說出口的承諾當然不可能收回，於是我在償還債務之後所剩的鉅款——就這麼全部捐出去了。

「啊——啊——如果妳們沒那麼做，我現在應該會有一大筆錢，然後每天過著自甘墮落的日子啊啊啊啊啊！」

聽到我用惹人厭的語氣大肆抱怨，她們不禁縮起身子靠在一起。

「妳們看看這個窮酸的慶功宴會場。要是一切按照計畫發展的話，我們現在應該包下高級餐廳大鬧特鬧才對，結果卻是這樣。」

我一面嘲笑一面聳肩，有氣無力地望向四周，結果和公會職員對上了眼。頓時感到一陣尷尬，趕緊挪開目光。

「和真，你該適可而止了。和真那張嘴太毒了，要是被你認真起來加以責備，大部分女生都會哭喔？」

「沒錯，你要是有什麼不滿，就發洩在我身上！來，盡情羞辱我吧！」

我被惠惠和正常發揮的達克妮絲制止，暫時先閉嘴。

三個人似乎都有認真反省，就不要再繼續責怪她們好了。

老實說——我看起來確實是把所有錢都捐出去，其實還是留下不少錢。只要表現出這副態度，就不會有人知道我身上還有一大筆錢。連阿克婭她們也不知道，這是只屬於我的私房錢。

雖然一輩子玩樂度日的計畫遭遇挫敗，短時間內也能過上什麼也不必做的悠閒生活。

「唉——算了。反正債務都還清了，這樣就不算白費工夫——」

「咦——你是不是忘了什麼？」

「和真，慶功宴換地方要說啊。我跟店員抱怨『讓我摸屁股表達妳的歉意』後，人家就報警把我趕出來了。」

背後傳來找我說話的聲音，回頭便見到克莉絲和達斯特。

還能看到維茲、琳恩、賽西莉、有夠會，還有芸芸紛紛從入口走進來。看來在與丹尼爾一戰當中大肆活躍的眾人，全都來到這間定為慶功宴會場的酒吧。

「大家都來啦。豪華大餐……是不可能了，不過至少還有能夠舉辦宴會的錢。嗯，大家就隨便吃吃喝喝吧。」

「呀呼——免費的酒加上免費餐點。好——我要狂吃一個星期的分量！」

「別這樣，很丟臉。」

見到達斯特開始狼吞虎嚥，琳恩忍不住開口制止。

「好久沒有吃瓊脂史萊姆之外的東西了。啊，這些東西可以外帶吧？等等，把那道菜交出來！」

「才不要。我被債主追著到處跑，這兩天都沒吃東西！」

「我也是從昨天在艾莉絲教徒分發食物的地方搶走食物後，就沒吃任何東西了！」

啊，賽西莉和達斯特開始爭奪帶骨肉了。

真是醜陋的紛爭。我不想和他們扯上關係，放著不管好了。

「哇啊，這就是我一直想參加的慶功宴……」

「芸芸，這很普通，用不著感動到哭吧。」

芸芸沒什麼參與類似場合的經驗，因而感動到落淚，見到她的模樣，有夠會不禁嘆氣。

「嗯嗯，感覺真棒呢。可以好好放鬆一下。」

看來就只有克莉絲很單純地樂在其中。

「今天我請客，大家不用客氣喔。」

「很慷慨嘛！啊，對了，錢！這麼說來我還沒拿到報酬喔？」

都怪達斯特大吼大叫纏上我，其他人也靠了過來。

啊，還得付報酬給這幾個傢伙……

等、等一下！

「喂喂，你該不會說你忘了吧？」

「你這隻蛆蟲，應該不會說忘記了這種玩笑話吧？對不對？」

「對了，和真先生！巴尼爾先生說你還沒付周邊商品的錢。還生氣地對我說『要是你不付錢，打算違背和惡魔簽訂的契約的話，你知道自己會有什麼下場吧？』這種話喔。」

達斯特朝我步步進逼，在他身旁的維茲也是氣呼呼的樣子。

糟糕，我忘記製作周邊商品的費用改成事後付款了！

「……啊啊，好啦，隨便啦！我付，我全都會付！快點把唰唰送上來！」

結果直到最後，光是還債我就完全沒錢了！

「那麼我來表演珍藏已久的宴會才藝嘍！」

「我也來讓夜空綻放巨大的爆裂之花吧！」

「等、等一下，惠惠！要是再次在阿克塞爾惹事的話，父親會生氣的！」

夥伴們圍繞在大口喝酒的我身邊，一如既往地吵吵鬧鬧。

其他人也都在大鬧特鬧，一發不可收拾。

阿克塞爾之心唱歌跳舞、阿克婭表演才藝、開口詠唱的惠惠被壓制在地、達克妮絲一臉羨慕地看著惠惠。

呼——真是一如往常的開心夜晚，這群混帳！

後記

各位好久不見？初次見面？由於不曉得屬於哪一邊，就讓我簡單自我介紹一下。

我之前曾經寫過《為美好的世界獻上祝福！》的外傳作品《讓笨蛋登上舞台吧！》。因此這次有幸負責將《為美好的世界獻上祝福！Fantastic Days》寫成小說。

關於我的事就大概介紹到這邊，接下來我想聊一下內容。

本作的內容是遊戲第一部的劇情。保留遊戲的形象，融入原作《美好世界》的風格撰寫成小說——我是以這兩點為準則執筆的。

遊戲裡已經有完整的故事了，寫起來肯定很輕鬆！但是實際上非常費工夫，讓我不禁想把當初懷著這種天真想法的自己揍飛。因為遊戲第一部的文本量非常龐大，如果直接改寫的話，一本根本寫不完。要刪減哪個部分，或是增加哪段劇情，這些全都讓我煩惱無比……但是能夠再次接觸深愛的《美好世界》，讓我開心到忘了辛苦！

遊戲原創角色的阿克塞爾之心三名成員，莉亞、艾莉卡，還有榭蘿，她們的個性和活躍表現都很值得一看喔。

話說這次我真的是以意外的形式參與了《美好世界》這部作品，完全沒想到會得到將遊戲小說化的這份工作。

我得為美好的緣分獻上感謝才行！

曉なつめ老師，感謝您一直以來的關照！《笨蛋》之後的這部作品也要請您繼續指教！由於是這樣的時代，還請您多注意自己的身體健康。

想不到這次能請到三嶋くろね老師負責插畫！我是本作的作者，同時也是《美好世界》的粉絲，對此感到非常高興。

製作遊戲的Ｓｕｍｚａｐ的各位，謝謝你們製作這部有趣的遊戲！達斯特出場的機會意外地多，讓人忍不住會心一笑呢。

另外還有Sneaker編輯部、責任編輯，以及其他參與製作這部小說的各位，真的非常感謝大家！

昼熊

國家圖書館出版品預行編目資料

為美好的世界獻上祝福!Fantastic Days/ 昼熊作；kazano 譯. -- 初版. -- 臺北市：臺灣角川股份有限公司, 2023.05

面； 公分. -- (Kadokawa fantastic novels)

譯自：この素晴らしい世界に祝福を！ファンタスティックデイズ

ISBN 978-626-352-537-5(平裝)

861.57 112003834

Kadokawa
Fantastic
Novels

為美好的世界獻上祝福！ Fantastic Days

（原著名：この素晴らしい世界に祝福を！ ファンタスティックデイズ）

2023年6月21日　初版第1刷發行

作　　者：昼熊
插　　畫：三嶋くろね
原　　作：暁なつめ
原作遊戲：Sumzap
譯　　者：kazano、貓月齋

發 行 人：岩崎剛人
總 編 輯：蔡佩芬
副 主 編：楊鎮遠
美術設計：李思穎
印　　務：李明修（主任）、張加恩（主任）、張凱棋

發 行 所：台灣角川股份有限公司
地　　址：104台北市中山區松江路223號3樓
電　　話：（02）2515-3000
傳　　真：（02）2515-0033
網　　址：www.kadokawa.com.tw
劃撥帳戶：台灣角川股份有限公司
劃撥帳號：19487412
法律顧問：有澤法律事務所
製　　版：尚騰印刷事業有限公司
ＩＳＢＮ：978-626-352-537-5